1ª edição | 3.000 exemplares | julho de 2011

ebm editora

Rua Silveiras, 23 | Vila Guiomar
CEP: 09071-100 | Santo André | SP
Tel (11) 3186-9766
e-mail: *ebm@ebmeditora.com.br*
www.ebmeditora.com.br

Dados Internacionais de Catalogação na Publicação (CIP)
(Câmara Brasileira do Livro, SP, Brasil)

Ezequiel (Espírito)
Josué, uma lição de vida / orientado e inspirado pelo espírito Ezequiel; médium Fernando Tarcizo Jacober. - Santo André, SP: EBM Editora, 2011

1. Espiritismo 2. Psicografia 3. Romance brasileiro I. Jacober, Fernando T. II. Título.

11-07675 CDD-133.93

Índice para catálogo sistemático:
1. Romances espíritas: Espiritismo 133.93

ROMANCE

FERNANDO T. JACOBER

INSPIRADO E ORIENTADO PELO
ESPÍRITO EZEQUIEL

Josué

Uma lição de vida

TÍTULO Josué - Uma lição de vida.

AUTOR Fernando T. Jacober
EDITOR Miguel de Jesus Sardano
SUPERVISOR EDITORIAL Tiago Minoru Kamei
REVISÃO Rosemarie Giudilli Cordioli
CAPA Bruna Giudilli Cordioli
DIAGRAMAÇÃO Tiago Minoru Kamei

IMPRESSÃO Assahi Gráfica e Editora Ltda
FORMATO 14 x 21 cm
PÁGINAS 144
ISBN 978-85-64118-09-6

FERNANDO T. JACOBER

INSPIRADO E ORIENTADO PELO
ESPÍRITO EZEQUIEL

Josué

Uma lição de vida

ebm
editora

Um pequeno fragmento da *Bíblia* para meditar (Jó: 21, 10-14)

Aparição de Jesus no mar de Tiberíades:

[...] Disse-lhes Jesus: Tragam alguns dos peixes que vocês pegaram. Simão Pedro subiu à barca e arrastou a rede para a praia. Ela estava cheia, com cento e cinqüenta e três peixes grandes. Apesar de serem tantos, a rede não se rompeu. Disse-lhes Jesus: Venham e comam! Nenhum dos discípulos tinha coragem de perguntar quem ele era. Sabiam que era o Senhor. Jesus chegou para perto deles, tomou o pão e lhes deu. Fez a mesma coisa com o peixe. Foi esta a terceira aparição de Jesus a seus discípulos, depois que ressuscitou dos mortos.

Escrever é gravar reações psíquicas. O escritor funciona qual antena – e disso vem o valor da leitura. Por meio dela, fixamse aspectos da alma dum povo, ou, pelo menos, instantes da vida desse povo.

Monteiro Lobato

(Taubaté – SP 1882 - 1948 São Paulo, SP).

A leitura engrandece a alma.

Voltaire

(Paris, França 1694 - 1778 Paris, França).

O livro é um mundo que fala, um surdo que responde, um cego que guia, um morto que vive.

Pe. Antonio Vieira

(Lisboa, Portugal 1608 - 1697 Salvador, Bahia).

Quem não vê bem uma palavra, não pode ver bem uma alma.

Fernando Pessoa

(Lisboa, Portugal 1888 - 1935 Lisboa, Portugal).

Sempre imaginei o paraíso como uma grande biblioteca.

Jorge Luis Borges

(Buenos Aires, Argentina 1899 - 1986 Genebra, Suíça).

A leitura de um bom livro é um diálogo incessante: o livro fala e a alma responde.

André Maurois

(Elbuef, França 1885 - 1967 Paris, França).

Ler é beber e comer. O espírito que não lê emagrece como um corpo que não come.

Victor Hugo

(Besançon, França 1802 - 1885 Paris, França).

Sumário

Prefácio

Pelo Médium – Sr. João Alves da Cunha.

Prezado Fernando:

Passo a você algo que gostaria que fosse passado a mim, quando comecei a escrever.

Somos intérpretes dos espíritos e, muitas vezes, embrulhamos nossos pensamentos com os do inspirador ou espíritos inspiradores, que nos dão a ideia ou movem nossas mãos.

Não perca tempo, publique. Este bem é tesouro. Aplique e faça bom uso. Sua história está muito bem contada, você é um mestre no assunto, e tive muita satisfação em poder, de alguma forma, ser útil.

Todo o livro inspirado ou psicografado, de qualquer forma, merece o cuidado e o crivo da razão do intérprete.

Obra com interferência e de outra consciência merece a atenção, não somente do médium escritor, mas de todos aqueles que são solicitados. Nada é por acaso, e o nada não existe, e todos somos alunos da grande escola espírita, cujos mensageiros atravessam inúmeras barreiras provocadas pela infantilidade humana.

Estamos ainda engatinhando, mas com a certeza de que podemos implantar em nós as metas, os objetivos Divinos, fazendo o que pudermos para que sejam adubados os canteiros do coração, onde a plantação é livre, mas a colheita é obrigatória.

E para completar o nosso pensamento, agradecendo a Deus e a Nosso Mestre Jesus Cristo, o soneto esclarecedor:

Com seu curso aproveitado,
Meu caro senhor Fernando,
Do Além, de vez em quando
Obterá algum recado.

Cuidando de seu roçado,
Todo o bem que vai plantando
Se reflete a seu comando
Num terreno abençoado.

Toda a alma agradecida
Entende que a Lei da Vida
É simplesmente o dever.

E o médium, consciente,
Vibra com mais um presente
Porque ama e quer vencer.

Cornélio Pires
Médium – João Alves da Cunha

Palavras do autor

Estou estudando o Espiritismo há pouco tempo por influência de uma amiga muito querida, que conheci no fim do ano passado e que veio abrir vários caminhos para minha vida.

Ficamos pouco tempo juntos, mas foram alguns meses intensos e de profundas mudanças para mim e para minha visão espiritual do mundo.

Em sua curta passagem junto a mim ela me propiciou novas visões da vida:

1. Introduziu-me ao mundo dos Espíritos e da Doutrina Espírita codificada por Allan Kardec;

2. Indicou-me o caminho para melhorar a saúde, por meio de uma alimentação saudável, de exercícios físicos e do uso da homeopatia. Infelizmente, quanto a este último item, ainda não obtive sucesso, talvez por falha minha em não acreditar totalmente na eficácia da homeopatia, por causa das ideias antigas enraizadas;

3. Ela também me ensinou pelo exemplo a não comer produtos vindos de animais abatidos, abrindo pequena exceção para peixes e frutos do mar. Convenceu-me, pois já caminhava para essa prática;

4. Quanto ao Espiritismo abriu-me uma imensa janela, por meio dos livros certos para começar a ler e a entender o assunto. Também por meio dos vídeos, e principalmente pela série apresentada pela Rede TV aos domingos à tarde, no programa TRANSIÇÃO - A VISÃO ESPÍRITA PARA UM NOVO TEMPO. Pelo site da Rede TV eu assisti a muitos dos programas passados e sou assíduo expectador dos programas presentes;

5. Também me levou em palestras altamente motivadoras e elucidativas, e me apresentou a pessoas já muito mais evoluídas nesse campo espiritual, e que tive muito proveito em conhecê-las. Os seus exemplos são cativantes, principalmente no que tange à prática da caridade, pois sem praticar a caridade não há salvação para o ser humano, isto é, ele não cresce espiritualmente, de acordo com o que me ensinaram;

6. Indicou-me o centro espírita mais apropriado para eu começar a frequentar semanalmente, em cidade próxima.

Como os caros leitores podem ver eu sou um principiante e como tal ainda estou tateando e muito empolgado em aprender. Peço aos caros leitores que me perdoem as falhas e imperfeições, mas a vontade de acertar é grande, lhes asseguro. Pensei em, de alguma forma, contribuir para que outras pessoas iniciantes também pudessem, assim como eu, usufruir desses conhecimentos e modo de vida, a fim de crescer e aproveitar esta passagem neste mundo.

Foi daí que tive a inspiração de perguntar ao Espírito que me tem assistido com generosidade o que poderia fazer. Ele me disse que meu talento principal é o da palavra escrita e como tal poderia ser um intermediário, emprestando meus conhecimentos da língua e pesquisando para que o Espírito que ele me designasse como inspirador pudesse dar sua mensagem ao mundo dos que acreditam, têm fé e vontade de progredir.

Logicamente, não almejo nenhum benefício financeiro e o máximo que posso aspirar é conseguir que esta obra ajude instituições assistenciais que cuidam de crianças, idosos, e outros necessitados.

Ao Espírito que se me apresentou como companheiro nesta empreitada, chamei-o Ezequiel, nome que lhe agradou depois de algumas tentativas. Disse-me também que seria discretamente um dos personagens deste romance e que o leitor atento poderia percebê-lo no decorrer da leitura.

Ele tem representado ajuda imprescindível, pois muita coisa para mim é novidade e ele tem de ser específico e paciencioso, contudo, traz com clareza as ideias que quer transmitir.

Mais recentemente tem sido um pouco rigoroso com minha frágil disciplina, pois imagino que tem muitos outros afazeres semelhantes, e não pode gastar muito tempo comigo. Mas, tem demonstrado ser um grande amigo, verdadeiramente.

Uma vez me embaralhou um texto inteiro, pois estava muito afoito e isso me fez parar por uma semana somente para colocar o que tinha escrito em ordem novamente e, é claro, aproveitou para me sugerir correções e aperfeiçoamentos.

Às vezes Ele me surpreende com algumas mudanças tais como as de nomes dos personagens que depois de analisado, concordo que realmente eram necessárias, a fim de se evitar confusões com outras pessoas ou personagens.

Sem dúvida que se trata de um Espírito bastante evoluído, mas que usa uma linguagem simples para que qualquer pessoa de boa vontade possa ler e entender o seu texto. Parece-me que ele já esteve comigo em outras etapas da minha vida, e, à medida que as coisas evoluem tento naturalmente reconhecê-lo no passado, mas isto na verdade não é necessário.

Tudo me é permitido. Mas nem tudo é proveitoso. Diz o evangelho de Paulo, 1 Coríntios: 6,12.

A minha contribuição neste trabalho é

intermediar mensagens destes dois universos, o imenso mundo dos Espíritos e o nosso mundo cheio de imperfeições e provações, dos homens e mulheres, Espíritos encarnados que pretendem evoluir no mundo espiritual.

Espero que façam bom proveito da leitura desta história inspirada por Ezequiel e que repasso para vocês com muito carinho.

Obrigado a todos que me ajudaram com as questões referentes à parte formal desta obra, e me deram apoio e forças para continuar.

Fernando T. Jacober.

Itu (SP), outono de 2010.

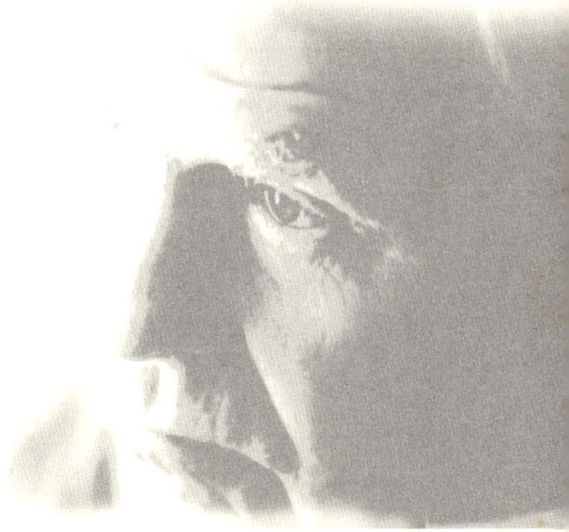

Capítulo 1

Nascimento da filha e começo de vida profissional - Alegrias

O objetivo desta obra é levar às pessoas deste mundo, principalmente as mais humildes de coração, uma mensagem de amor e fé, a fim de propiciar a elas crescer no caminho do bem e da elevação de seus Espíritos junto ao criador.

Esta é a história da pequena Elena, muito amada por todos na sua curta permanência como Espírito encarnado para cumprir uma missão e uma etapa final de sua caminhada de aperfeiçoamento nesta dimensão, e de seus parentes mais próximos, pais, avós, empregados e amigos.

Elena nasceu em Vassouras, no Estado do Rio de Janeiro, em 30 de setembro de 1860 em uma manhã bela e calma. Era a primeira filha do jovem casal Dr. Josué Gonçalves e Dona Marianinha de Souza. Ele médico recém-formado e apenas com um ano de prática em sua cidade natal e ela filha de abastados fazendeiros da região, sem estudos mais avançados, mas com o trivial das famílias da época. Aprendeu a tocar piano ainda menina e o fazia com muita graça.

Os pais amavam-se muito e como fruto deste amor veio ao mundo a pequena Elena, como foi batizada, sete dias após o seu nascimento, na igreja da cidade, seguindo os costumes na época.

Seu nome completo de batismo era Elena de Souza Gonçalves, e sua santa protetora Nossa Senhora da Conceição, da devoção de sua mãe e a padroeira do lugar.

Nasceu a menina com muita saúde e crescia regularmente. Ela era branca de tons morenos, cabelos e olhos negros; muito esperta e sorria com facilidade ao menor estímulo.

O pai, Dr. Josué, era de família de um pequeno produtor de café, feijão e outros alimentos. Criava algumas cabeças de gado principalmente para obtenção de leite.

A propriedade era excelente e muito bonita, mas não tão grande quanto a dos barões seus vizinhos.

Ele tinha como missão de vida medicar para os menos favorecidos e para tanto montara seu consultório e farmácia rudimentar onde atendia a todos que o procuravam. Também lhes fornecia os medicamentos básicos e simples que ele mesmo preparava com as fórmulas homeopáticas que se dedicara a aprender, paralelamente, aos ensinamentos tradicionais da medicina. Os que podiam pagar-lhe alguma coisa o faziam e a maioria lhe agradecia com um "Deus lhe pague" que vinha do fundo da alma.

Na verdade para ele esse pagamento era mais reconfortante do que os outros que ele recebia em dinheiro, pois mesmo sem o saber esse gesto contava para seu progresso espiritual e cumprimento de sua missão de Espírito encarnado neste mundo.

Seu pai havia lhe fornecido um escravo que acompanhava a família desde o nascimento; era completamente dedicado ao seu senhor e o ajudava nos trabalhos de organizar a ordem de chegada dos pacientes, fazer pequenas compras, manipular alguns remédios mais simples e naturais e também assistir à Dona Marianinha em algumas necessidades fora da residência do casal, tais como pequenas compras e alguns recados e avisos esporádicos.

O nome deste escravo abnegado era Ezequiel e se pudéssemos defini-lo em poucas palavras diríamos que era uma alma boa. Formava dupla perfeita com seu amo. Já haviam participado de outras jornadas juntos e sempre cresceram no mundo espiritual.

Era evidente que os proventos de Dr. Josué com seu consultório médico não chegavam para o sustento da família, mas seus pais proviam as necessidades básicas com produtos que mandavam da fazenda regularmente.

Por outro lado os pais de Dona Marianinha eram muito abastados, mas parcimoniosos e tinham muitos filhos e por isso diziam que o que eles dessem a um, teriam de dar a todos, e com esta política davam o menos possível, e entesouravam no banco o produto maior da venda das centenas de sacas de café que lhes rendiam muitos contos de reis anualmente, e engrossavam o patrimônio da família, depositado no Banco do Brasil.

Dona Marianinha se dedicava de corpo e alma à pequena recém-chegada, dava os peitos para mamar o pouco leite que tinha e o restante da alimentação da menina era provida por leite de uma mucama da vizinhança que tinha parido na mesma época, aproximadamente, e que tinha leite em abundância e o fornecia com prazer para a pequena Elena, como para algumas outras criancinhas dos arredores que precisavam.

Havia na casa uma escrava que fora cedida pelos pais de Marianinha e que a acompanhava desde menina. Esta fazia quase tudo o que era necessário para que a casa e a cozinha funcionassem a contento. Chamava-se Eli Maria, tinha seus 30 anos, era formosa e muito esperta em realizar os afazeres da casa. Considerada como mãe solteira tinha uma filha pequena – Maria José – que morava com ela em seu quarto de escrava, e que crescia brincando e fazendo pequenas tarefas que lhe eram atribuídas.

Poderíamos dizer que a vida transcorria em harmonia, naquela metade do Século XIX, cada qual desempenhando seu papel e missão a que tinham vindo a este mundo. Eles eram relativamente felizes, sendo o Dr. Josué aquele que irradiava maior prazer em viver seguido pelo seu servo fiel Ezequiel de Jesus, pois já haviam atingido um grau de desenvolvimento maior que os outros.

A casa onde vivia o médico com sua esposa e filha era relativamente grande pelos padrões da cidade, ocupando um quarto de uma quadra, com muitas árvores e grande quintal onde os escravos criavam galinhas que andavam soltas pelos arredores. Possuía o formato de L, com vários quartos, cujas janelas davam para a área interna, exceto um deles o qual a janela abria para a rua e pegava bem o sol da manhã. Neste estava o berço de Elena e aí ficava com ela a escrava Eli a maior parte do tempo.

Os pais de Elena ficavam em quarto contíguo de forma a dar toda a assistência que a menina precisava, principalmente à noite.

Nos fundos estavam a cozinha com seu fogão à lenha, e em sala a par desta, um refeitório com mesa e oito cadeiras. Mais além um reservado para o tanque de lavar roupas e os dois quartos em que viviam os escravos.

O sanitário estava em pequena construção separada que se atingia pela parte interna do quintal.

Os asseios corporais eram feitos individualmente nos respectivos quartos de dormir à maneira da época, em vasilhas recobertas por ágata e jarros de porcelana.

A casa era toda de sólida construção em taipa e caprichosamente pintada de branco. O casal alugou esta moradia que pertencia a um barão do café, e que possuía muitas propriedades na cidade que lhe rendiam, no cômputo geral, um bom valor de aluguéis todos os meses.

Quando o Dr. Josué se formou no Rio de Janeiro e decidiu se estabelecer em Vassouras por razões de origem, concomitantemente, tratou o casamento com Marianinha. Na ocasião, os pais desta cogitaram em comprar uma casa para morada da filha que ia se casar, mas novamente entrou em cena a estratégia deles em dar a um o que seria dado a todos de maneira igual e justa, e como eram muitos se decidiu que o Dr. Josué, que se casaria com a filha, tomasse a decisão que melhor lhe aprouvesse para fixar moradia e consultório.

Do lado da família do noivo as posses não eram suficientes para compra de imóveis e, portanto, restou sair à procura de lugares para aluguel, e por sorte, uma família transferia-se de Vassouras para a cidade do Rio de Janeiro, vagando o referido imóvel descrito acima, casarão branco da Rua Nossa Senhora da Conceição.

As entradas eram duas, uma pela frente que dava direto a uma ampla sala que ficava ao lado do quarto onde estava Elena e outra pela lateral, mais ampla com portão e por onde entravam as carroças com mantimentos e lenha para fomentar o fogão da casa.

Para um casal recém-formado e iniciando a vida, a moradia não podia ser melhor, somente não comportava o consultório e a farmácia que se situavam a oito quadras mais para a área central e que fora alugado do mesmo Barão que lhes havia cedido a casa principal. Ele era amigo da família da noiva e estes lhe afiançaram os créditos após debaterem o assunto longamente, mas ao final se decidiram não sem receberem apelos e juras da filha que cuidaria para que não houvesse prejuízo a eles e aos irmãos.

Vassouras progredia a olhos vistos em função do ouro verde que jorrava das fazendas de café, e para quem não sabe, dista aproximadamente 120 km da cidade do Rio de Janeiro. É uma das cidades do Vale do Rio Paraíba do Sul e fica próxima a uma série de outras cidades conhecidas hoje principalmente pelo turismo: como Barra do Piraí, Barra Mansa, Paty dos Alferes, Valença e assim por diante.

Vassouras foi elevada à Vila em 1833 e à cidade em 1857, portanto, três anos antes de nascer a nossa pequena Elena.

O consultório do Dr. Josué, como já dissemos, ficava a oito quadras de sua residência e todo dia pela manhã ele vencia este percurso que demorava aproximadamente quinze minutos, e por sinal era agradável fazê-lo na maior parte do ano, quando a temperatura não era muito baixa ou quando não estivesse chovendo.

Ao chegar ao local de trabalho pelas 8h00 da manhã, o fiel Ezequiel já havia chegado meia hora antes, feito a limpeza de praxe, aberto a sala que recebia os clientes e distribuído uma fichinha com numeração por ordem de chegada para cada um deles, exceto os casos de crianças, e idosos, com algo aparentemente urgente que tinham preferência.

Cada consulta demorava em média meia hora, mas o Doutor não se importava em demorar mais, caso pressentisse a necessidade de cuidados especiais com alguém que estivesse em situação de saúde mais grave. Atendia um após outro, os pobres que não pagavam do mesmo modo os mais abastados que pagavam, até ao meio dia, quando voltava para casa caminhando, para o almoço.

Na parte da tarde repetias-se o mesmo ritual – chegava pelas 2h00 da tarde e saía somente após o atendimento do último cliente, o que não acontecia antes das 6h00 da tarde.

O consultório era parte de uma edificação maior que abrigava vários compartimentos comerciais, sendo que do lado direito havia o principal armazém da cidade, onde o pessoal que vinha das fazendas podia recolher seus animais e carroças e fazer suas compras mensais básicas de sal, farinha, açúcar, arroz, feijão e apetrechos variados que necessitavam em seus trabalhos na roça.

Muitas dessas pessoas da roça vinham pouco à cidade e quando vinham aproveitavam para fazer uma série de coisas de que necessitavam, incluindo aí também uma visita ao médico quando algum mal lhes afligia e que não podiam tratar em casa com os remédios caseiros. Traziam também alguém da família que necessitasse de melhores cuidados.

Dr. Josué atendia um a um com muita paciência e ouvia suas mazelas. Se pudesse já preparar algum remédio o fazia de imediato ou marcava para que a pessoa passasse no fim do dia ou no dia seguinte para pegá-lo.

Esse atendimento desagradava o principal farmacêutico da cidade, Sr. Florêncio que sentia perder muitos clientes que se não atendidos pelo médico diretamente, lhe traria ganhos adicionais consideráveis. Sem contar que os preços cobrados pelo médico para os remédios manipulados eram muito abaixo e, às vezes, de graça.

Sabedor dessa mágoa que o Senhor Florêncio lhe guardava o Dr. Josué, que era sensível e não queria ter desafetos, encaminhava à farmácia do Sr. Florêncio, com receitas tradicionais de alopatia ou mesmo de homeopatia, a maioria dos clientes que no seu modo de ver podiam pagar sem muitos problemas. Em todo caso a farmácia do Sr. Florêncio progredia muito em função do afluxo de novos moradores para a região nos últimos anos, trazidos pela febre dos altos ganhos com o café produzido na região.

Esta região era, em meados do século XIX, grande produtora de café, a ponto de ser cognominada Princesinha do café e cidade dos Barões, pois Vassouras chegou a ter mais de vinte destes senhores fazendeiros abastados.

Rio de Janeiro era na época, de longe, o maior estado produtor de café para exportação, e o país o maior exportador de café do mundo.

Por outro lado, dona Marianinha tinha uma vida muito pacata e se esmerava em não fazer nada a não ser depois que veio à luz Elena, amamentá-la de tempo em tempo. O restante dos cuidados com a menina ficava por conta da escrava Eli e de sua filha que também ajudava a vigiá-la enquanto dormia ou ficava no berço.

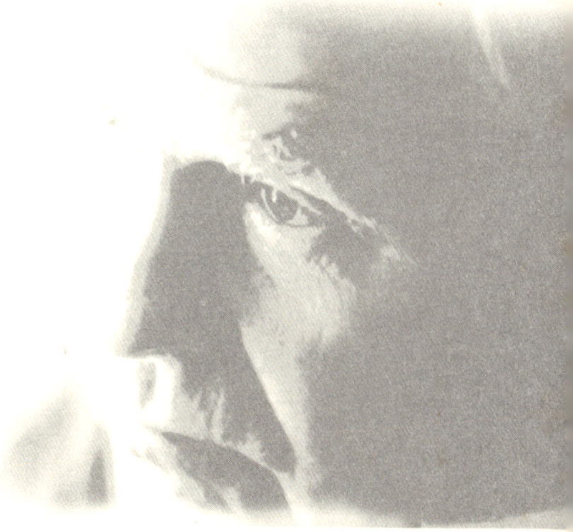

Capítulo 2

As mudanças de rumo - Livre-arbítrio

Por influência de sua família, dona Marianinha passou a desgostar do trabalho do marido que lhe exigia demasiado tempo, atenção e cuidados com seus clientes, e naturalmente pouco tempo para mimá-la. E o que era mais grave, dada à atitude e desprendimento dele, todo esse trabalho rendia-lhe muito pouco, não sendo suficiente para guardar nada para juntar um patrimônio da família em formação. A conta bancária do casal era mantida com uns poucos mil réis somente para não fechá-la de vez.

Este fato era preocupante para ela e, constantemente, apontado por seus pais quando de suas visitas periódicas. Eles não viam nenhum mérito em uma pessoa bem formada desperdiçar seus talentos em ajudar os pobres e decretar também sua pobreza e o de sua família. Que seria da pequena Elena no futuro quando precisasse pagar bons colégios, aulas de piano, comprar roupas finas, talvez viajar para a Europa e assim por diante?

Que moço da nobreza se interessaria por uma jovem pobretona, apesar de ser filha de um médico?

Essas diferenças de raciocínio, de conduta e de valores começavam a ser uma pedra no caminho do relacionamento do casal, cuja tendência era se agravar, pois ele cada vez mais tinha pobres para cuidar de graça e ela tempo livre para julgar, projetar, influenciar-se e plantar a cizânia naquele lar.

Os dias doces de ternura e paz que marcaram o breve namoro e os primeiros tempos do casamento iam se distanciando, e nuvens carregadas começavam a aparecer no horizonte.

Dona Marianinha era uma jovem de seus vinte e cinco anos, belíssima, de cabelos longos e negros e olhos da mesma cor. Chamou atenção de muitos jovens da região, mas o Doutor que se formava despertou-lhe o interesse e também houve aprovação da família que jamais pensava fosse resultar no que estava se percebendo naquele momento.

Genro pobre e provavelmente sem chance de sucesso financeiro, que era o que contava para os pais de Marianinha, cujo principal e mais prazeroso acontecimento na vida era engordar uma magnífica conta bancária e gastar, parcimoniosamente, um pouco quando precisasse ou quisesse.

Por ocasião da festinha de um ano de nascimento da neta os avós se encontraram, sendo que os avós maternos eram também os padrinhos de Elena e houve ocasião para um pequeno colóquio reservado entre eles para discutir a grave situação do casamento da filha, que segundo eles, estava com o futuro comprometido.

Para os avós paternos, que sempre levaram vida modesta com muito trabalho duro para obter o sustento do dia a dia, e que também eram acostumados à prática da caridade, não havia nada de anormal. Pelo contrário, eles tinham muito orgulho do encaminhamento da vida do filho para este lado humanitário. Foram os primeiros da região a libertar seus poucos escravos, e o que restava como o caso de Ezequiel, que trabalhava para o Doutor, continuava por vontade própria e para cumprir a sua missão e escolha como Espírito encarnado, mesmo sem o saber.

Os avós maternos ainda mantinham grande número de negros no mais duro regime de escravidão e defendiam a tese de que com aquela gente era preciso muita energia e força para obter dos mesmos o máximo de trabalho e resultados.

No ano da era cristã de 1862 a escravidão no Brasil ainda imperava apesar de ter sido abolida em muitas outras partes do mundo. O interesse dos fazendeiros do café, principalmente, por mão de obra barata ditava a situação constrangedora de exploração humana.

Em 1850 foi decretado pelo Imperador D. Pedro II o fim do tráfico negreiro, por imposição do governo britânico, que por ironia havia dado início ao mesmo, contudo com a revolução industrial iniciada na Inglaterra havia outros interesses, tais os de obter mercados para seus produtos industrializados, e é sabido que os escravos não tinham salários e consumiam muito pouco, portanto, era preciso mudar essa situação no mundo e formar uma classe de assalariados e consumidores. Sabemos que a Inglaterra imperava no mundo por essa época e o governo português lia pela sua cartilha.

Em 1871 houve mais um avanço, pois foi assinada no Brasil a Lei do Ventre Livre que considerava libertos os filhos das mães escravas.

Em 1885 assinava-se no Brasil a Lei do Sexagenário que declarava livres os escravos maiores de 60 anos.

Finalmente, após pressões externas, inclusive do Papa, e de fortes correntes internas, foi assinada pela Princesa Izabel, em 13 de maio de 1888, a abolição da escravatura no Brasil, que perdurou no período colonial e foi até o final do Império. A princípio índios e negros fomentaram as atividades agrícolas e de extração de minérios, principalmente de ouro. Havia também os escravos domésticos e os de aluguel, mas também os que obtiveram alforria de seus senhores e foram libertos antes da vigência da lei da abolição.

Nosso personagem Ezequiel de Jesus, como já disse, era uma alma boa e apesar de ser o último escravo da família do Dr. Josué, era tratado por esse como irmão, e somente mantinha a condição de obediência por vontade própria e um desejo íntimo de colaboração com os mais necessitados, o que podia realizar juntamente com seu senhor em estreito companheirismo e dedicação de ambos.

Em vida passada haviam exercido atividades opostas, isto é, o atual Doutor fora escravo e Ezequiel seu patrão. Já naquela época, contrariando os costumes, os dois já se entendiam bem e conseguiram evoluir seus Espíritos de tal maneira que voltaram juntos para alcançar um estágio superior de perfeição experimentando um e outro as provações de vidas opostas.

Ezequiel se comprazia da situação da escrava Eli e de sua filha e várias vezes mencionava esse fato ao Doutor de uma maneira humilde, mas convincente, apesar de ambas terem vindo nessa condição, cedidas pela família de Dona Marianinha que as considerava como de sua propriedade, e mexer com isso seria motivo de guerra certa entre os envolvidos. Mesmo Dona Marianinha defendia as ideias escravagistas enraizadas em seu seio pela família, de tal forma que não se via uma saída imediata para solucionar esse problema, e que o Doutor concordava que era delicado e constrangedor.

Era meados de 1863 e a menina Elena, a filha do casal Dr. Josué e Dona Marianinha estava com quase três anos de idade. Era uma bela menina, muito esperta, brincalhona e alegre. Não é necessário dizer que se constituía na grande felicidade dos pais e, dadas às circunstâncias da vida de ambos, o único elo forte entre os dois e também entre as duas famílias.

Dessa forma, de quando em quando, visitavam as fazendas respectivas dos pais, sendo que Dona Marianinha se interessava cada vez menos por ver os pais do marido, uma vez que os atrativos e pujança da propriedade de seus parentes eram muito maiores e melhores.

A rotina de vir almoçar em casa todos os dias, realizada pelo Doutor, naquele momento tinha só um motivo e um gosto, o qual era de ver e ficar um pouco junto da filha que lhe mostrava grande afeição e carinho. Mesmo assim, diante do desprezo visível da mulher, começou a espaçar as vindas para casa no horário de almoço e a dedicar também esse tempo a seus doentes que se acumulavam cada vez mais. Comia da mesma comida trazida pelo seu servo Ezequiel que percebido da situação, aumentou a quantidade e procurou melhorar um pouco a qualidade das misturas. Pedia ajuda de Eli para auxiliá-lo nessa tarefa, pois também tinha muitos afazeres, como o Doutor, e pouco tempo lhe sobrava na casa principal para cuidar da comida.

Ezequiel e Josué trabalhavam no consultório e na farmácia, cada vez mais horas, para poder atender mais doentes, uma vez que a fama dos dois já havia se espalhado pela vizinhança pobre, e os ganhos monetários eram cada vez mais escassos, pois os de posse que podiam pagar optavam por alternativas melhores.

As finanças do casal como é fácil imaginar, iam de mal a pior, pois os gastos se mantinham e até aumentavam, mas os ganhos eram cada vez menores, sendo que o Doutor colocava do próprio bolso os parcos recursos também para comprar as matérias primas básicas que precisava para manipular os remédios homeopáticos que fazia para os seus pacientes.

Ele conseguia ganhar no máximo Rs. 30$000 por mês, isto é, 30 mil Réis, que era a moeda da época Imperial desde 1833 e que perdurou até 1942, quando mudou para Cruzeiro que vingou por mais 22 anos.

Para se ter ideia aproximada do valor dos Mil Réis que era a unidade monetária do Império do Brasil e de Portugal, uma caneca de café custava 40 Réis ou dois vinténs. De esmola se dava um vintém normalmente e dava para comprar duas bananas e um pãozinho pequeno. Uma esmola gorda, excepcional e exagerada era de um tostão que representava quatro vinténs. A cerveja importada da Alemanha em garrafas grandes custava cerca de 1$000 Réis, um mil Réis. Também, um almoço nas pensões incluindo café custava 1$000 Réis, um mil Réis. Um terno feito no alfaiate, de casimira inglesa, saía por 50$000 Réis, isto é, o médico Dr. Josué gastaria quase dois salários mensais inteiros para comprar um terno.

Ao se aproximar 30 de Setembro de 1863, data em que Elena completaria os três aninhos, sua mãe planejava dar uma grande festa, convidando todos os seus parentes que moravam na fazenda dos pais e também os de outras fazendas da região, pois a família era grande. Havia também os amigos e convidados da vizinhança toda. Foi aí que houve um confronto realmente sério com o marido, quando este a fez ver que diante da situação financeira do casal tal evento não seria possível.

- Como não será possível? Disse ela. - Você se mata trabalhando duro todo o dia, mais de doze horas, e não ganha suficiente para proporcionar uma festa pelos três anos de sua única filha. O primeiro e segundo aniversários dela já foram muito modestos e passaram quase despercebidos.

- Para que existem os bancos? Perguntou ela. Vá lá e obtenha um empréstimo suficiente para esses gastos e mais um pouco, pois estou farta de viver fazendo economias.

No dia seguinte Josué saiu cabisbaixo para

a caminhada diária até o consultório onde muitos doentes o esperavam. Ponderou a sugestão da mulher, do dia anterior, e também pensou na filhinha que ficaria muito contente com a festa que dariam. Planejou ir até a agência do Banco do Brasil, o que de fato o fez. O gerente que sabia de sua fama de benemérito e também comungava espírito humanista ficou sensibilizado com seu pedido, mas por imposição do ofício teve de pedir as garantias de praxe. Foi aí que Josué sentiu o gosto amargo da impotência financeira e saiu pensativo prometendo tentar conseguir tais garantias e agradecendo a Deus as dificuldades encontradas.

O gerente do banco, movido de afeição pessoal pelo cliente benemérito, lhe emprestou um livro que havia ganhado há poucos meses quando de uma ida à cidade do Rio de Janeiro. Estava escrito em Francês, que era uma língua de domínio razoável dos dois e que segundo ele estava fazendo sucesso na Europa e Estados Unidos. Era nada mais nada menos que uma das primeiras edições de *O Livro dos Espíritos, Princípios da Doutrina Espírita; LE LIVRE DES ESPRITS*, Paris, 18 de Abril de 1857, compilado por Allan Kardec, pseudônimo de Hippolyte Léon Denizard Rivail, que nasceu em Lyon, França, em 03 de Outubro de 1804.

A princípio, Josué teve muita curiosidade em ler aquele livro, o que o faria com entusiasmo e lhe serviria muito até o final dos seus dias, para entender as razões das alegrias e tristezas desta passagem pelo mundo, e da oportunidade de desenvolvimento e crescimento de seu Espírito imortal.

Na verdade, esses novos ensinamentos da Doutrina Espírita haveriam de ajudá-lo a suportar todos os sofrimentos que viriam pela frente e a tirar proveito para progredir no mundo Espiritual.

Sabia o Doutor que do lado da esposa seria quase impossível conseguir um aval exigido pelo Banco e também muito humilhante pedi-lo.

Pensou, então, em seu pai que sempre fez o impossível para financiar seus estudos e prover sua casa com os alimentos básicos produzidos na fazenda.

No fim de semana seguinte seguiu até a fazenda do pai, e em meio à visita em que foi recebido com a alegria e o aconchego de sempre, falou de seu desejo de financiar a festa dos três anos de sua filha e também da necessidade de obter um empréstimo bancário para suportar o evento que sua mulher pretendia que fosse grandioso, marcante e inesquecível.

Seu pai mostrou-se preocupado, mas se dispôs a ajudar no que fosse possível. Foi, então, que Josué lhe disse que necessitava de seu aval junto ao Banco para garantir o empréstimo de Rs. 1:000$000 , isto é, um conto de Réis ou um milhão de Réis.

O pai de Josué estremeceu, pois sabia que sua pequena propriedade valia pouco mais do que isso e ao dar o aval ao Banco, automaticamente, a pequena fazenda ficaria penhorada, mas não quis contrariar o gosto e anseio do filho, e se prontificou a ir à cidade durante a semana para juntos irem ao Banco e formalizar o empréstimo.

Mal sabiam que estavam selando ali uma decisão que seria demais amarga para essas almas boas. Uma provação muito grande e que somente muito tempo depois poderiam avaliar as consequências de tais acasos.

Para se ter ideia do montante da dívida que o Doutor colocava nas costas, o Conto de Réis era equivalente a 33 meses de seu ganho mensal completo, que não eram suficientes nem para o custeio dos gastos normais com aluguéis, vestuário, complementação da comida, gastos com a filha pequena e a mulher, etc. Além disso, ao obter o empréstimo passaria a dever também os juros sobre os valores não pagos.

Dona Marianinha ficou exultante quando soube por Josué que ela poderia providenciar a festa, e que ele e sua família iriam prover os recursos necessários. Foi um dos poucos momentos que sentiu orgulho novamente do marido e ficou pensando se não havia sido um pouco ingrata em lhe tratar friamente e com desprezo nos últimos tempos.

Começou a planejar a lista de convidados, e a contratar os serviços para a festa, além de fazer uma lista de compras para impressionar os convidados, que incluía:

-dúzias de garrafas de bom champanhe francês – 15$000 Réis cada garrafa;

-25 kg de gelo vindo da Noruega em barris de madeira – preço incerto, mas não muito alto. Carregamento de gelo vindo por navio para servir ao Rio de Janeiro e região;

-dúzias de garrafas de cervejas alemãs;

-Muitos doces e pães;

-bolos enfeitados e assim por diante, como podem imaginar.

Além de serviços de músicos e artistas malabaristas.

Quanto ao vestiário da família estava mais que no tempo de renová-los e para tanto se planejou comprar:

-1 terno de casimira inglesa para Josué que seria feito no alfaiate seu amigo;

-1 par de calçados ingleses que custavam em torno de 12$000 Réis;

-algumas camisas e roupas de baixo.

E para ela e a filha aniversariante?

-vestidos brancos de seda importada e rendas;

-todo complemento da indumentária;

-sapatos franceses de verniz e assim por diante.

Também como a casa não fosse suficiente para acomodar todos os convidados mais próximos, reservaram-se no melhor Hotel da cidade vinte quartos custando ao redor de 6$000 Réis cada um por diária. Por conta do Doutor é claro.

A lista ia ainda aumentar muito e facilmente se gastariam pelo menos a metade do valor do empréstimo. A outra metade ainda iria se pensar em que aplicá-la.

Por um curto período de tempo tudo voltou à normalidade e a felicidade parecia instalada naquele lar com a euforia dos preparativos e a abundância de dinheiro para gastar.

O pai do Doutor veio para a cidade, como havia prometido e ambos foram ao Banco, se apresentaram ao Gerente e formalizaram o empréstimo. O avalista era, portanto, o Sr. João de Deus Gonçalves, que deu sua propriedade em garantia.

Josué sabia viver com pouco e agora estava entusiasmado por receber em sua conta bancária o crédito de Rs. 1:000$000, ou seja, um conto de Réis, que jamais tinha tido ou imaginado ter à sua disposição.

A esposa ficou exultante e combinou com o

marido a forma de semanalmente, doravante, irem ao Banco, sacar do dinheiro do empréstimo e pagar os fornecedores da grande festa de aniversário dos três anos da filha.

Capítulo 3

A grande festa - Descaminhos

Na véspera da esperada data, isto é, no dia 29 de setembro de 1863, chegaram os convidados das fazendas da região e cidades vizinhas para se hospedarem no Hotel previamente contratado. O número de quartos não foi suficiente e teve de ser aumentado de comum acordo. Chegaram também os avós maternos e paternos que se hospedaram na casa do Doutor e todos estavam exultantes diante da felicidade geral que reinava.

Havia certa desconfiança por parte do Senhor Barão, pai de Marianinha, quanto ao custeio do evento e queriam ele e sua mulher se certificar que não teriam nenhuma outra responsabilidade que a de, na qualidade de padrinho, dar o presente que já haviam comprado para a querida neta.

Constituía-se tal presente de uma pulseirinha de ouro 18 quilates, um par de brincos também em ouro e um colar com um medalhão com o distintivo da família, para ser guardado e usado quando a pequena completasse seus 18 anos. Somando tudo, o presente importou em 50$000 Réis, fato que todos ficaram sabendo pela boca da mãe de Dona Marianinha, a despeito de não ser um presente tão valioso em comparação com as posses do avô Barão.

Também foi espalhada, pela respeitável senhora mulher do Barão, que estavam planejando uma viagem para a Europa para quatro pessoas, ela o marido e duas filhas mais velhas que Marianinha e que tinham optado por não se casar. O plano incluía um mês para travessia do Atlântico, em navio de luxo, três meses de estadia na Europa em Hotéis de primeira categoria e os traslados terrestres. Tudo incluído sairia por aproximadamente Dez contos de Réis, Rs. 10:000$000. Uma aventura desta era para poucos na época.

Nesse clima de animação e ostentação chegou a grande data do encontro de todos os convidados, primeiramente na missa das 10 horas da manhã no dia do aniversário, na igreja matriz da cidade, postada em frente a Praça Barão de Campo Belo, no centro de Vassouras.

A nave da igreja que não era pequena estava lotada, não só pelos convidados, mas também por grande parte dos fiéis habituais e também por muitos curiosos que acorreram à cerimônia quando souberam do evento do batizado da filha do Doutor Josué, neta do Barão XXX.

Terminada a missa que foi cantada e em certos trechos emocionante, como no sermão do padre que lembrava em um de seus pensamentos centrais a carta de Paulo aos Filipenses: 4,12:

Sei passar necessidade e sei viver na fartura. Estou preparado para tudo: para estar na saciedade ou para passar fome; para viver na fartura ou para estar na miséria. Ou, *[...] êxitos e insucessos, sei viver em penúria e sei também viver em abundância [...]. O êxito e o insucesso são duas taças guardando elementos diversos que, contudo se prestam às mesmas finalidades sublimes. [...] O sábio extrairá da alegria e da dor, da fartura e da escassez, o conteúdo Divino.*

Estas palavras calaram profundamente na mente de Josué que vivia um momento de grande incerteza com relação ao futuro. Até se chegar ao empréstimo bancário a vida corria monótona e calma, mas havia uma tranquilidade de águas paradas de lagos límpidos e azuis em sua alma. Praticava a ajuda ao próximo, despretensiosamente, e isso lhe trazia grande paz de espírito, apesar de não ter acumulado até ali nenhuma riqueza material. Agora, com uma polpuda conta bancária, a vida se agitara completamente e foi-se a paz de espírito que sempre tivera.

Mas, após a cerimônia religiosa começaria

a festança de verdade e todos iriam para a casa dos pais da aniversariante, onde um lauto almoço seria preparado para todos e seria servido nas mesas internas que se conseguiu montar, como debaixo das mangueiras do quintal onde foram improvisadas acomodações suficientes.

Além da excelente comida que foi servida por pessoal especializado, ajudado pelos serviçais da casa, havia champanhe para as mesas principais e cerveja alemã à vontade para os convidados de menor nível. A sobremesa - frutas da época e da região, devidamente cortadas e preparadas, mas com o detalhe de vir acompanhadas nas taças, com pedaços de gelo importado da Noruega, pois como é sabido, naquela época ainda não havia refrigeradores caseiros.

Para finalizar não poderia deixar de haver o precioso café do qual a região se vangloriava de ser a campeã, acompanhado de licores, conhaques e charutos baianos.

Aproximadamente às 5h00 da tarde chegava-se aos momentos finais da festa, quando começaram os discursos e a apresentação dos artistas especialmente contratados.

A mãe da menina estava exultante e também a menina, apesar de se mostrar um pouco cansada com a exposição toda a que não estava acostumada. Para o Dr. Josué tudo era muito confuso e preocupante, pois lhe parecia que a melhor parte estava se acabando e daí em diante era por sua conta carregar o fardo, ou seja, pagar a dívida.

Também os pais do Doutor mostravam certa preocupação, mas como eram muito religiosos confiavam na Providência Divina. Trataram de voltar na mesma tarde para sua fazenda para cuidar dos afazeres triviais e dar conta de suas vidas pacatas e trabalhosas. Como disse, tinham alguns animais que exigiam cuidados diários de alimentação e ordenha.

Os convidados que estavam no Hotel resolveram estender ainda mais a estadia, pois o trato era maravilhoso e rara a oportunidade de se obter tal mordomia às expensas do anfitrião.

O barão e sua mulher também estavam bastante felizes e realizados com a façanha da filha em organizar tão bonita festa, do genro em bancar as despesas com classe e do impacto que a recepção causara nos convidados e porque não dizer em toda comunidade, uma vez que a imprensa local e até um jornal da Capital estiveram presentes documentando fartamente o evento. Resolveram também ficar por mais uns dias para admirar os encantos da neta.

O Doutor, juntamente com Ezequiel, voltou no dia seguinte à rotina normal e o número de doentes carentes parecia que aumentava dia a dia, de tal forma que 12 horas de dedicação diárias pareciam insuficientes. Resolveu de comum acordo estender a jornada por mais duas horas.

O boticário Florêncio espreitava e calculava o quanto de receita a mais poderia obter se pelo menos parte dessa gente passasse em sua farmácia após as consultas, mas vindos do Dr. Josué, apenas alguns gatos pingados diariamente. Pensou em mandar imprimir alguns folhetos e contratar um escravo para anunciar nas proximidades do consultório do Doutor a novidade e eficácia dos remédios de sua farmácia recém-chegados da Capital, mas ficava um pouco caro e ele não tinha certeza se valia a pena este custo adicional, pois, afinal de contas, seu orçamento estava equilibrado e todo mês lhe sobrava uns bons trocados após alguns anos de labuta diária de 10 horas.

A sua conta era junto ao Banco do Brasil, o segundo BB fundado em 1851 pela fusão do Banco do Brasil de Mauá e do Banco Comercial do Rio de Janeiro, tendo como fundador oficial o Visconde de Itaboraí.

O dono da farmácia, Senhor Florêncio, ou Senhor Flôr, como era mais conhecido, tinha uma soma não muito grande, mas considerável de Rs. 300$000, trezentos mil Réis, que dariam para socorrer sua família em alguma emergência, e, afinal de contas, não levava vida abastada nem esbanjava como certas pessoas que conhecia.

A riqueza da região, como sabido,

provinda da plantação de café ainda nessa primeira metade da década de 60. Apesar de leve declínio experimentado em razão do esgotamento do solo, apresentava-se pujante e podiam-se ver forasteiros chegando principalmente da Capital para, de alguma forma, tirar proveito da situação e compartilhar uma parte dos lucros. Assim é que boatos corriam que mais uma farmácia de porte se instalaria próxima a de seu Florêncio, fato que começava a preocupá-lo. Era gente com muito capital subsidiado por um dos barões da região.

Esses fazendeiros de café fizeram fortuna em alguns anos, depois que o mineiro Custodio Ferreira Leite, mais tarde Barão de Aiuruóca, ganhou a concorrência e fez a conhecida Estrada da Polícia que levava às Minas Gerais e passava pela região do Vale do Paraíba do Sul. Antes a região era dominada pelos índios Coroados que, devidamente pacificados, possibilitaram o desenvolvimento da agricultura na região, ideia acampada por Dom João VI.

Ajudaram o Senhor Ferreira Leite na empreitada, sete sobrinhos, que depois se radicaram nas proximidades dessa nova estrada. A princípio era o Arraial de Vassouras, nome devido a um arbusto nativo da região que servia para fazer esses instrumentos de varrer.

Em 1839 um famoso Quilombo instalado na região assaltava as insipientes fazendas, e coube ao Barão de Caxias cuidar para dominá-lo.

Foi rotina para os fazendeiros da época, pioneiros da região fluminense, colocarem a mata virgem abaixo, plantar, colher e exportar. Produzia-se muito e se gastava pouco, apenas o necessário até alcançar a riqueza. Então, construíam o casarão nobremente precedido por extensa fila de palmeiras imperiais, com vistosos jardins, capela e capelão, mordomos e mordomias diversas. Consta que alguns desses casarões em 1845 já dispunham de iluminação a gás, facilidade que chegou a São Paulo somente em 1870.

Já em 1857, por ocasião da elevação da Vila de Vassouras a Cidade, havia cerca de 3500 moradores na área urbana. Por essa época proliferou-se a construção de casarios, palacetes, hotéis que viviam repletos, joalherias e também teatro, uma vez que a vida social era intensa em função da riqueza da região. Foi também desses tempos as construções de monumentais casarões nas grandes fazendas cafeeiras.

De 1840 a 1870 foram os anos de apogeu econômico do Império do Brasil e o dinheiro era forte, sendo que um conto de réis (Rs. 1.000$000) valia, aproximadamente, o que era necessário para se comprar 1 kg. de ouro.

O rei do café do Império foi o comendador Joaquim José de Sousa Breves, cujo título de Barão foi obtido em 1860. Ele tinha ligações estreitas com a Corte Imperial e esses títulos eram dados pelo Imperador sob recomendação de homens ilustres, muitos já agraciados, mas tinham um custo a ser pago à coroa, de forma que não eram para qualquer um. Para obter a insígnia de Barão era necessário pagar Rs.750$000.

Os títulos de nobreza, no Império, obedeciam a uma ordem: Duque, Marquês, Conde, Visconde, Barão. E cada título tinha seu preço tabelado.

Nosso Barão, rei do café, por volta de 1860 colhia 205 mil arrobas de café. Como sabemos, uma arroba equivale a aproximadamente 15 kg. Para completar uma saca de café precisamos de 04 arrobas e, portanto, esse respeitável senhor colhia em um ano mais de 50.000 sacas de café, o que lhe rendia uma soma anual de mais de R$ 11 milhões a dinheiro de hoje; aproximadamente 07 milhões de dólares, valor incalculável para os custos relativos da época. Esse senhor de dezenas de fazendas, chácaras e escravos, plantou mais de 05 milhões de pés de café e era proprietário de mais de 06 mil escravos.

Este riquíssimo senhor de terras instalou na restinga de Marambaia grande fazenda com seu porto particular para a chegada dos navios veleiros vindos D´África . Quando estes chegavam carregados de escravos, selecionava as melhores negras para cruzarem com seus empregados brancos, chegando a conseguir assim interessante número de escravas mestiças. Consta que essas o acompanhavam nos camarotes da Ópera da Corte.

Pertencia também aos Breves, outro porto de mar, o de Mangaratiba e para ali desciam anualmente para os seus navios centenas de milhares de arrobas de café vindas das fazendas ao litoral. Em Mangaratiba tinha também um teatro, uma chácara plantada com flora importada, cocheiras e armazéns. As peças teatrais de João Caetano eram levadas ali para gozo de sua família e comitivas de convidados ilustres, após cada temporada.

Com o advento da República em 1889 essa riqueza minguou, principalmente, pela mudança do enfoque agrícola escravagista para o manufatureiro com mão de obra assalariada.

A República em seus primórdios viveu uma tormenta econômica. Com a queda drástica do valor da terra, e com a destruição da economia da população, ficou destruída. Convertido em valores atuais, um conto de reis não comprava mais 1 Kg de ouro e seriam necessários agora, para se comprar 1 Kg de ouro, 15 contos de réis.

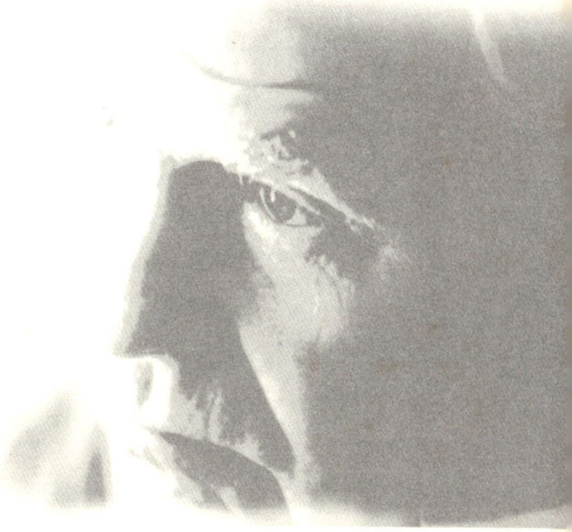

Capítulo 4

Uso indevido das riquezas

No ano do terceiro aniversário de Elena, isto é, em 1863, o Barão seu avô computava uma colheita de café muito auspiciosa de 10.000 arrobas, ou 2.500 sacas de café de 60 kg, que lhe propiciaram uma renda equivalente, atualmente, a R$ 575.000,00, dinheiro que para a época comprava muita coisa, e que foi depositado no Banco em quase sua totalidade, pois as despesas da família e de custeio saíam de outras rendas da propriedade.

Residia aí a ideia da primeira viagem ao exterior com a mulher e suas duas filhas solteiras. Mais ousado ainda era o plano que também começaram a levar adiante – um projeto longamente sonhado de construir um casarão de botar inveja à vizinhança e aos outros barões e fazendeiros de menor posse.

Foi contratado um engenheiro de renome que já havia construído outros casarões na região e começou-se a dar forma à ideia. O palacete deveria ser ao pé da serra, protegido de ventos mais fortes. Deveria ter como entrada uma longa fileira dupla de palmeiras imperiais, cujas mudas seriam pedidas ao Imperador, que as tinha feito produzir e estocava-as no Jardim botânico do Rio de Janeiro; terminava o caminho de entrada por um círculo generoso com chafariz no centro e circundado por jardins que haveriam de ser desenhados por paisagistas de renome da Capital do Império do Brasil.

A casa deveria ser sobradada, com os dormitórios e banheiros em cima e na parte de baixo diversas salas, sendo a principal monumental com lustres e candelabros importados e móveis da melhor madeira de lei. Os quadros deveriam vir de pintores famosos europeus e alguns poucos de brasileiros que começavam a se destacar, como é o caso de um importante pintor paulista que mais tarde se tornou famoso e foi impulsionado pelo próprio imperador que lhe financiou a viagem e estadia na Europa.

Ficariam também na parte inferior a cozinha e a senzala para abrigar os serviçais, principalmente escravos. Visto de fora, ladeando a porta principal que dava para a sala de visitas, haveria quatro janelas de cada lado, tanto embaixo quanto em cima, tudo muito bem harmonizado e geometricamente perfeito, como era o costume das construções da época. As janelas superiores seriam servidas por graciosas varandinhas de ferro fundido arrematado por madeira de lei. Todas as portas e janelas seriam pintadas em azul anil e as paredes em branco, formando um belo contraste. A forma da construção seria compacta e retangular e o telhado de quatro águas.

Como havia bom dinheiro ganho e poupado com enorme esforço e dedicações pessoais, agora seria hora de sonhar alto e empregá-lo da melhor maneira, como era costume dos proprietários de terras da época.

Dona Marianinha, ao saber desses projetos grandiosos da família, lamentava-se por ter se casado e desejava de alguma forma usufruir dessa pujança e felicidade. Pensou seriamente em abandonar o marido Doutor e benemérito, o que seria um escândalo muito grande para a época conservadora em que viviam. Em seguida pediria asilo para ela e sua filha Elena na casa do Barão seu pai, ideia essa que ganhava corpo e crescia em seu íntimo sempre que via o pobre marido endividado, e também quando tinha notícias auspiciosas do sucesso do pai com seu empreendimento agrícola.

Elena, ao sorrir e se aconchegar com alternância nos colos do pai e da mãe, e de lhes mostrar o melhor carinho, conseguia prorrogar por mais algum tempo a continuidade da situação matrimonial do casal.

Passados dois anos do terceiro aniversário

da menina o Doutor estava completamente atolado em dívidas e seus pais já haviam vendido pequena parte dos bens na tentativa de ajudá-lo a saldar algumas prestações junto ao Banco. Os juros cumulativos aumentavam a cada trimestre como uma pequena bola de neve ao descer pela montanha. Não era difícil pensar no resultado final dessa calamitosa situação financeira.

Esse estado de coisas afetava mortalmente Josué, que além de sua falência financeira iminente, também lhe afligia a perda da fazendinha dos pais de onde eles tiravam seu sustento e ainda repartiam com o filho, no que se refere a alimentos e itens básicos de suprimento do lar que conseguiam com a produção de suas lavouras e de seu gado.

Consolava-se com a dedicação despendida pelo escravo Ezequiel, cada vez mais, e a satisfação de poder continuar a curar seus doentes ou pelo menos amenizar as dores dos mesmos. Havia também o lindo e indescritível sorriso da filha que podia apreciar um pouco todos os dias. Também foram muito importantes nessa fase da vida, as lições aprendidas em *O Livro dos Espíritos* que lia e relia, pois lhe traziam certa compreensão para os infortúnios que lhe ocorriam e os possíveis ensinamentos e crescimento espiritual que poderia tirar da situação.

O Barão seu sogro havia viajado para a Europa e voltara contando acerca das maravilhas que vira por lá em termos de civilização, apesar de que a situação econômica presenciada causara-lhe apreensão. Havia até muita fome mesmo das classes um pouco mais posicionadas, sem falar na maioria da população campesina que vivia em extrema miséria. As menções às farturas e riquezas experimentadas pelos senhores no Brasil lhes causava grande interesse e até um pouco de ciúmes.

Quando o Barão voltou da viagem à Europa, o casarão da fazenda estava por terminar. Toda a estrutura estava completa, faltando o acabamento e a aquisição do mobiliário e objetos de adorno. Os gastos que eram controlados muito de perto pelo filho mais velho haviam chegado a pouco mais da metade do orçamento; convenhamos que a parte mais cara estivesse por vir. Estimavam que em mais um ano, ou seja, por volta de 1866 poderiam ocupar o palacete e gozar de uma vida realmente pomposa com muitos convidados e muitas festas.

Nesse momento foi que Dona Marianinha foi visitá-los na fazenda e pôde constatar o sem número de coisas maravilhosas que haviam trazido da viagem. Estima-se pelas contas da mãe que eles haviam gasto mais de Rs.5.000$000 em itens de utilidade, como fazendas de panos de seda e casimira inglesa, sapatos para homens e mulheres, aparelhos de fazer a barba como navalhas, tesouras alemãs, e até bugigangas de todo tipo e espécie, além do custeio das refeições para quatro pessoas durante todos os meses que estiveram no estrangeiro.

Para Elena havia muitos brinquedos e bonecas de vários países que ela adorou e dizia que não queria mais voltar para a cidade e queria que trouxessem o pai para morar com eles na fazenda do avô, fato que desagradava a todos que a ouviam, mas mantinham-se discretos frente aos comentários ingênuos da criança.

Durante uma tardezinha, estando os pais de Marianinha na sala conversando e relaxados, a filha do Barão aproveitou para expor seus planos de separação do marido e mudança de residência juntamente com a filha para a fazenda, abandonando casa e esposo em Vassouras.

Foi uma comoção muito grande para os velhos que não imaginavam que aquilo pudesse acontecer, justamente em uma época que gozavam a vida e havia um bem-estar e pujança sem precedentes para a família.

Fizeram muitas perguntas à filha a respeito do marido e sua situação financeira e quando souberam da verdade nua e crua, que ele estava muito mal financeiramente, os pais de Marianinha concordaram com a filha que o melhor mesmo seria se separar o quanto antes para evitar se contaminar com a situação de penúria dele, e também para não se arriscar a comprometer alguma coisa material da família com as dívidas do genro.

Tudo precisava ser feito rapidamente e com o devido cuidado, pois se lembraram bem os pais dela que haviam afiançado o aluguel da casa onde a filha morava e também o consultório do médico, e que aquela parte era muito importante que fosse desfeita e liberada com prioridade.

Haviam trazido um presente para o Doutor da Europa, qual seja um corte de linho de primeiríssima qualidade suficiente para se fazer um terno completo e mais uma calça sobressalente. Custara uma fortuna de aproximadamente Rs. 100$000 e se fosse comprado no Brasil com certeza custaria o dobro. Resolveu-se de comum acordo não lhe entregar, pois já não havia mais interesse em fazê-lo, nem da parte da esposa, tão pouco da de seus pais que viam as coisas somente com os olhos do mundo material.

Iriam fazer um plano nos dias subsequentes, para se desfazer o mal fadado casamento, a fim de se preservar os interesses da filha e da neta, e ao mesmo tempo guardar muito sigilo para que o desenlace não caísse na boca do povo.

Contrataram para tal um advogado especializado no assunto e que foi encarregado de fazer os papéis necessários para dar início ao processo, bem como de ir à cidade de Vassouras procurar o Dr. Josué, comunicar-lhe as decisões de sua mulher e obter as assinaturas de concordância, e também cobrar as "custas" do processo.

Passados alguns dias da ausência da esposa e da filha Josué começou a se preocupar. O que haveria acontecido com elas? Entendia a volta dos pais de longa viagem e todas as novidades que tinham para contar, mas já era hora de elas voltarem. Foi nesse estado d'alma que um belo dia logo pela manhã lhe apareceu no consultório uma pessoa muito bem vestida, e dizendo ao atendente Ezequiel que mandasse chamar seu patrão, pois tinha assunto sério e grave para tratar com ele.

Josué sentiu um calafrio e temeu pelo pior, mas em seguida se acalmou e mandou a pessoa entrar assim que terminara uma das consultas. Após as apresentações de praxe o advogado expôs-lhe a situação que lhe disse ser irreversível, apresentando-lhe os documentos, previamente, preparados para serem assinados pelo Doutor. Esse pediu um tempo, pois havia sido pego de surpresa e na realidade estava bastante chocado e um pouco trêmulo. Com a cabeça tumultuada para tomar qualquer decisão naquele momento, pediu para ficar com os documentos e marcar uma nova entrevista para a manhã seguinte.

O advogado hospedou-se no melhor Hotel da cidade para aguardar o dia seguinte e de comum acordo acertaram que a hospedagem correria por conta do Doutor.

Sem condições de continuar a trabalhar

naquele dia pediu para que Ezequiel dispensasse os clientes que o esperavam, e explicar a eles que voltassem dali a dois dias que seriam atendidos sem custo algum.

Ficando sozinho e em situação de profunda tristeza pensou em tirar a própria vida, pois nada mais lhe restava a fazer.

Completamente endividado e causador do infortúnio de seus pais, agora tomava esse baque com a decisão da mulher em lhe abandonar. Veio-lhe a ideia em questão que no momento resolveria todos os seus problemas e angústias.

Lembrou-se então que havia lido nas perguntas de *O Livro dos Espíritos,* e cuja resposta dada pelos mesmos era:

Tem o homem o direito de dispor da sua vida?

A resposta era clara:

Não; só a Deus assiste este direito. O suicídio voluntário importa numa transgressão desta lei.

Essa lembrança lhe ajudou a clarear um pouco as ideias face ao turbilhão de pensamentos que lhe vinham à mente. Perguntou a Deus por que acontecia com ele agora tamanha desgraça, e tudo em uma sequência inexplicável e quase insuportável.

Que iria fazer para equacionar sua vida

financeira, fato que foi o começo de todos esses infortúnios? Novamente, suas leituras e estudos espiritualistas lhe trouxeram alguma luz.

Outra pergunta de *O Livro dos Espíritos* de Alan Kardec era respondida assim em resposta ao questionamento acerca da contribuição do Espiritismo para o progresso:

Destruindo o materialismo, que é uma das chagas da sociedade, ele faz que os homens compreendam onde se encontram seus verdadeiros interesses.

Mais calmo e com a cabeça um pouco mais no lugar, chamou Ezequiel que estava aflito para saber a razão do contratempo, e pediu para que ele se assentasse. Contou-lhe o resumo de todas suas agruras e pediu-lhe, como irmão que eram, para que mantivesse sigilo acerca dos fatos. O escravo não sabia o que dizer, mas se colocou à disposição de Josué para tudo que fosse possível fazer.

Ficando novamente sozinho em sua sala, Josué começou, então, a encarar a situação e a planejar o futuro a partir daquele momento. Pediu a Deus e ao Divino Espírito Santo para que o ajudasse e iluminasse seus pensamentos para achar uma saída digna.

Quanto às finanças iria naquele dia mesmo à fazenda do pai e propor-lhe-ia colocar a propriedade à venda para saldar suas dívidas junto ao Banco, incluindo penalidades e juros.

Se houvesse uma sobra comprariam uma casa modesta para os velhos na cidade e diante das habilidades e disposição de ambos para o trabalho, eles procurariam algum afazer para eles junto a alguém conhecido da localidade.

Os meses de aluguéis atrasados, tanto da casa quanto do consultório seriam pagos com as disponibilidades ainda do empréstimo bancário, fato que aumentaria um pouco as dívidas existentes. Mas o que fazer?

Entregaria nas próximas semanas sua residência e o consultório ao proprietário e venderia todos os pertences da casa incluindo mobília, para fazer algum dinheiro e ajudar a custear o aluguel de um novo consultório mais modesto.

De imediato, mandaria a escrava Eli e sua filha de volta para a fazenda do sogro, pois lhes pertenciam de direito. Pensava em lhes dar alguns pertences da casa para que levassem em gratidão aos bons serviços prestados, e talvez um pouco de dinheiro a ser retirado do Banco para isso.

Josué expôs a situação aos pais em detalhes que ficaram, a princípio, muito abalados e choraram muito, mas acabaram entendendo que não havia muito a fazer e tinham de se sacrificar mais uma vez para o bem comum da família.

O que mais lhes doía era a separação conjugal do filho, assim também o fato de perderem a neta e a nora para sempre.

No dia seguinte Dr. Josué recebeu logo o advogado vindo da parte da família da esposa para assinar os documentos, pois lhe parecia que não havia o que contestar, uma vez que fora decretado unilateralmente o término do matrimônio.

Foi também ao Banco e conversou longamente com o gerente seu amigo. Esse apoiou suas decisões e prometeu-lhe ajuda na venda da fazenda do pai e no recálculo da dívida, de maneira que pudesse sustar o crescimento da mesma o mais rápido possível.

Indicou-lhe também um corretor seu conhecido de muito tempo, que era homem honesto e que poderia ajudá-lo na liquidação da propriedade. Assim foi feito e no dia seguinte a fazendinha estava à venda por intermediação do Senhor José Luiz Leite, um dos que também liam e tentavam colocar em prática os ensinamentos de *O Livro dos Espíritos*, por sugestão e influência de seu amigo, gerente do Banco.

Corria o ano de 1865 e ainda havia grande procura por terras na região, e afluxo de pessoas à procura de fazer fortuna com o café. Passado um mês apareceram vários interessados, fruto dos anúncios e conversas entre amigos e também indicação de conhecidos das partes.

Aproveitando a situação de desespero dos vendedores, alguns ofereciam a metade do valor razoável da propriedade, mas finalmente o próprio

Senhor Leite congregou alguns amigos, incluindo o gerente do Banco e mais alguns conhecidos da cidade que se cotizaram e resolveram ofertar um valor justo para a fazendinha.

Entrava no negócio também uma pequena casa na cidade, de um dos sócios do empreendimento e que estava alugada, mas que seria desocupada dentro de um mês. Isso interessava bastante aos vendedores, pois teriam um lugar para recomeçar.

Computando tudo a transação seria suficiente para quitar a dívida com o Banco, incluindo o pagamento dos aluguéis atrasados, os juros e tudo mais. A casa, apesar de modesta, tinha duas salas na frente, voltadas para a rua, uma pequena e outra um pouco maior que serviria bem para o consultório e sala de espera. Nos fundos vinham dois quartos de bom tamanho, a cozinha com fogão e espaço para uma mesa modesta e pequeno quintal com sanitário e um quartinho de depósito.

Estava muito bom para o Dr. Josué e seus pais que aprenderam a viver com pouco. Ezequiel seria acomodado no mesmo quarto que serviria para Josué e eles não viam qualquer problema em compartilhá-lo, uma vez que se entendiam e viviam como irmãos ou até melhor que muitos em certos casos.

Sobrariam ainda cerca de Rs. 195$000

para fazer frente a pequenas despesas de adaptações à nova circunstância, mudanças, etc. Josué decidiu dar a cada uma das escravas que voltava para a fazenda dos pais da mulher a importância de Rs. 50$000, mesma quantia que daria também a Ezequiel. Todos os três receberam com alegria o valor que a despeito de não ser grande, considerando-se as circunstâncias da vida do Doutor e seu pai, era quase tudo de disponível que lhes restava.

O saldo era positivo e o nome da família estava preservado, pois não havia mais dívidas e podiam partir daquele ponto sem grande peso a lhes perturbar; tirariam o melhor proveito da lição que a vida lhes propiciara.

Para Josué estava quase tudo bem, exceto a saudade e a falta que a filha lhe fazia. Pediu ao intermediador, por carta, para que lhe conseguisse uma visita, mas a resposta foi negativa. Da parte da mãe e de sua família não permitiriam qualquer contato ou aproximação mesmo que amigável. Queriam apagar a lembrança do pai e educar a filha à maneira deles e com seus valores, dignidade e aristocracia.

Saber desse fato causou a Josué dor profunda, pois uma coisa que tinha feito, realmente, da melhor maneira e com muito amor, tinha sido dedicar o pouco tempo que lhe sobrava a atenções e ensinamentos à pequena Elena, mas no momento não havia nada que pudesse fazer.

Cuidou, então, de o mais rápido possível providenciar o preparo da nova morada e do consultório modesto, de tal modo que seus doentes pudessem continuar a ser atendidos. Queria trazer logo seus pais para a nova morada e os pertences que lhes restavam. Criações e animais foram incluídos na transação da venda da propriedade.

Josué ofereceu a liberdade a Ezequiel, providenciando a documentação necessária em cartório, o que foi aceita, mas esse optou por continuar morando com o Doutor, cuidando dos afazeres da casa e do encaminhamento dos doentes, como houvera feito até aquela data. Não haveria mais manipulação de remédios, e os doentes seriam encaminhados com o receituário para a farmácia do Senhor Florêncio, com quem o Doutor tivera longa conversa acertando condições razoáveis para que os pacientes pudessem adquirir os remédios básicos. Caso houvesse alguma situação em que o paciente não pudesse pagar mesmo, então analisariam juntamente e cuidariam para que ninguém ficasse desprotegido ou desamparado.

O Senhor Florêncio estava muito contente com o arranjo, pois aumentaria em muito seus clientes e o Doutor também estava feliz por encontrar uma saída e liberar tempo para atender mais gente necessitada de seus serviços.

Não fosse a lembrança constante da filha e a saudade imensa, que restava dela, tudo estaria resolvido.

Soube por intermédio de escravos seus amigos e amigos de Ezequiel, que vez ou outra a família de sua esposa vinha para a cidade, e que a menina sua filha estava bastante abalada, debilitada mesmo por sentir muito a sua falta, mas que os parentes da mulher procuravam de todos os meios distraí-la para que se esquecesse de vez do passado.

Josué desesperou-se e implorou à mulher e ao sogro Barão, por meio de mensageiro, que por piedade o deixassem passar alguns dias com a filha e tentar curá-la de alguma forma. A resposta foi vaga, e postergavam a tal visita.

Mãe e avós decidiram levar a menina a passeio à cidade do Rio de Janeiro e mostrar-lhe todas as maravilhas da Capital, mas parece que não surtiu efeito, pois tudo de bonito e divertido que via lembrava-se do pai distante e queria que ele estivesse presente para compartilhar aqueles momentos.

Foi, então, que o Barão teve uma ideia grandiosa, a de oferecer à neta tudo que ela quisesse, limitado a Rs. 100$000 que ele compraria ou mandaria fazer para presente do seu sexto aniversário.

A resposta da neta foi que a única coisa

que ela queria e pedia a ele, encarecidamente, era que seu pai pudesse passar alguns dias junto a ela na fazenda, brincando e caminhando pelos lugares bonitos do local.

Não havendo outra saída, foi prometido a ela que por ocasião do seu aniversário se faria uma festa, e, então, seu pai estaria presente no dia da festa. Ainda faltava um pouco de tempo, mas a garota aceitou o prometido.

Em uma das saídas para o campo, já que se encontrava mais alegre e feliz, aconteceu um acidente sério com o cavalo que Elena montava, acompanhada de sua mãe, da avó e da escrava Eli que continuava a cuidar dela. Após alguns dias de acompanhamento em casa e visita do médico local, decidiu-se levá-la ao Rio de Janeiro para melhores cuidados, uma vez que começaram a perceber que realmente havia acontecido algo grave, pois a menina não podia se locomover, e com dificuldade se movia na cama, com muita dor. Parou também de se alimentar e tinha febre.

Chegando ao hospital da Capital constataram que havia ossos quebrados nas duas pernas e também a parte da bacia e o inferior da coluna tinham sido afetados pela queda. Os dias perdidos na fazenda sem os devidos cuidados pareciam ter sido fatais para o agravamento do caso.

O corpo médico do hospital decidiu que no

dia imediato Elena seria submetida a uma cirurgia. Dadas as condições precárias e, em razão do avanço ainda relativo da medicina para a época, haveria sério risco de vida para paciente.

Cogitaram avisar o pai, mas decidiram esperar pela cirurgia no dia seguinte, pois ele, na condição de médico também poderia interferir nas decisões dos colegas da Capital, por razões afetivas e de apego.

Todos os presentes estavam muito tensos e chorosos e inúmeras promessas foram feitas para os santos protetores de cada devoção. Depois de 6 horas na mesa de operação e assistida por uma junta médica de renome, finalmente a menina Elena expirou, desencarnou. Tudo foi feito para evitar a desgraça, mas foi em vão. Ela havia chegado ao fim da vida biológica, uma benção para quem cumpriu os seus deveres, uma dor inimaginável para os que ficaram e não entenderam o porquê.

Elena havia reencarnado para cumprir uma missão que ainda lhe faltava para aperfeiçoamento de seu espírito e para galgar estágios superiores na hierarquia dos espíritos. Ela era, na verdade, um espírito velho com pequena herança de reencarnações passadas a ser resgatada, e essa passagem lhe serviu para completar mais uma etapa do progresso de seu espírito, e provavelmente não reencarnaria mais no Planeta Terra.

O desespero da mãe, dos avôs e dos

acompanhantes era grande, como podemos imaginar. Foi enviado um mensageiro a galope a Vassouras para avisar ao pai e pedir a ele que viesse imediatamente ao Rio, no hospital YYY porque o assunto era gravíssimo.

Vários animais precisaram ser trocados no caminho e ao final de 36 horas de batida forte o mensageiro chegou até o Dr. Josué que estava em meio à sua atividade de atendimento médico a seus pacientes. O bilhete escrito pelo sogro Barão era breve e seco, mas mostrava um descontrole total da situação e desespero aparente. Claro estava que a qualquer meio ele deveria largar tudo e seguir para o Rio, pois que a situação era gravíssima e se tratava de sua filha.

Imagina-se o choque recebido pelo pobre homem que acabava a pouco de se recompor de outro igualmente duro, mas dessa vez em se tratando da saúde da filha tudo ganhava outra dimensão e proporções gigantescas. Será que ele que curara e cuidara de tanta gente poderia ajudar a própria filha, sangue de seu sangue?

Foi longa e dolorosa a viagem de Vassouras ao Rio de Janeiro. Rapidamente, dado a gravidade do caso, formou-se uma comitiva para acompanhar o Dr. Josué em sua viagem à Capital.

A caravana era composta pelo próprio mensageiro recém-chegado que trouxera a notícia, por Ezequiel, seu parceiro inseparável da lida diária e das pequenas lutas pela vida, pelo Sr. Leite, o intermediário na venda da fazenda do pai, pelo Senhor Florêncio da farmácia que havia se tornado bom amigo, e por mais dois cavaleiros da cidade, acostumados a fazer essa viagem demorada e perigosa nos tempos de outrora, em que as estradas eram muito precárias, constituindo-se de trilhas por dentro das matas em certos trechos.

Havia estalagens ao longo do caminho onde era possível pousar, se alimentar precariamente, e descansar ou trocar as montarias conforme a urgência da viagem.

Imagina-se o que se passava pela cabeça do pobre Josué que não sabia o que iria encontrar lá no Rio de Janeiro mas podia imaginar que se o Barão, seu sogro, decidira mandar chamá-lo, o assunto somente poderia ser de estrema gravidade.

Poderia ser uma doença grave, uma dessas febres que se instalam inesperadamente, e que não se identifica a causa. A cólera ou algo semelhante. O que seria para se agravar assim tão rapidamente?

O doutor estava ciente que em casos assim graves teria de confiar na competência dos especialistas e médicos experientes da Capital do Império onde estavam os melhores médicos do país, com formação no exterior, longa prática e muito estudo. Ele, além de pouca experiência em cidade interiorana, curava e amenizava com presteza e empenho as mazelas triviais do povo simples e sofrido.

Dessa forma Josué, juntamente com os amigos que viajavam com ele, trocou muitas ideias e todos decidiram que rezariam muito juntos, em cada parada para descanso. Pelo menos por meia hora praticariam as rezas que sabiam. Pediam a Deus para que encontrassem a menina em estado já menos desesperador e com algum diagnóstico que indicasse boas expectativas de cura.

Ele, o pai, haveria de se dedicar ao máximo para ajudar Elena e para que ela se recuperasse. Todos ali sabiam, pelo menos os quatro mais evoluídos, que para casos como esses, em que os pais e parentes encontram-se em desespero, aí é que se deve confiar em Deus, ter fé e orar muito para que tudo aconteça conforme os desígnios do Criador do Universo.

Enquanto avançavam em direção ao destino, lá na Capital, após o primeiro dia, depois do óbito da menina e grande trauma dos acompanhantes, o hospital informou ao Barão, avô da menina morta, que no segundo dia teriam de providenciar o enterro da falecida, por razões óbvias, e assim foi feito.

O corpo da menina inocente foi sepultado no Cemitério São João Batista, recém-inaugurado em dezembro de 1852, e que no mesmo dia da inauguração recebeu o primeiro cadáver – o de uma menina de menos de quatro anos que se chamava Rosaura.

Com o passar do tempo esse cemitério serviu para abrigar os restos mortais de pessoas nobres, abastadas e até de alguns muito famosos. Construir-se-iam ricas capelas e artísticos sepulcros, como sabemos, sendo um deles mandado erguer por ordem do Barão, avô de Elena.

Capítulo 5

Provações e infortúnios

Por ironia do destino, enquanto a caravana de Josué chegava ao Rio de Janeiro, por caminho diverso, a de sua ex-mulher, parentes e criados, dava início à volta para a fazenda, todos completamente desarvorados e comovidos. O Barão lembrou-se de deixar incumbido de contar a história do acontecido ao Dr. Josué, o médico chefe do Hospital que atendera Elena.

Chegando de manhã ao Hospital foram mandados se assentar em uma sala de espera, Josué, o Senhor Leite e o Senhor Florêncio que o acompanhavam.

Ezequiel ficou do lado de fora, no pátio junto com os outros três membros da caravana.

Pela demora interminável imaginava-se que algo grave havia acontecido e muitas hipóteses foram cogitadas, mas se estranhava não haver sinais da menina ou sequer de um parente, quando adentrou à sala de espera o velho Doutor, chefe da equipe, que com ar grave chamou Josué para seu gabinete e o abraçou demoradamente. Eles se conheciam de algumas passagens na faculdade de medicina onde Josué havia assistido a algumas de suas palestras.

Sem muitas delongas ele contou tudo a Josué que se explodia em prantos. Disse-lhe que o possível houvera sido feito e que o caso das fraturas havia evoluído para gangrena ou infecção generalizada e que a menina já debilitada não suportara os procedimentos operatórios.

Josué quis saber do destino da mesma. Se houvera sido levada de volta ou ficara sepultada no Rio de Janeiro. O velho Doutor lhe deu todas as indicações e, então, Josué reuniu-se com os amigos e serviçais e foram imediatamente para o Cemitério onde a menina estava sepultada.

Localizado o local do sepultamento, Josué desmanchou-se em prantos novamente e em altos brados gritava aos céus perguntando por que aquilo tinha acontecido com ele e com a pobre menina, sua filha.

Os amigos o ampararam. Aquele dia da primeira visita ao túmulo da finada filha foi muito difícil para ele, pois a comoção era enorme. Não pôde mais ver a filha viva. Passou o dia ao pé do túmulo até que o porteiro o intimou a sair, pois era hora de fechar o local.

Os acompanhantes deixaram que ele extravasasse aquele momento de dor e tristeza e sugeriram a ele tocar em retirada para Vassouras uma vez que lá tinham de continuar as suas vidas, considerando todos os pesares. Josué se recusou, veementemente, e quis ficar pelo menos mais um dia. Concordaram com ele e pagaram e dispensaram o mensageiro que havia feito o acompanhamento na volta, e se informaram de um abrigo onde pudessem pernoitar.

Não foi muito difícil conseguir um, pois havia estalagens nos arredores, onde inclusive poderiam deixar os animais que seriam cuidados e tratados. Precisavam deles para o retorno.

No outro dia, logo de manhã, quando se abriu novamente o local da morada final do corpo físico da filha, Josué estava lá e permanecera até o horário do meio-dia. Já mais conformado, concordou com os amigos a começar a longa viagem de volta.

A caravana, naquele momento tinha um a menos, pois o experiente mensageiro da viagem de ida e volta havia ficado no Rio de Janeiro. Seguiam viagem Josué, seus dois amigos de jornada, Florêncio e o Senhor José Luiz Leite, Ezequiel e os dois mensageiros contratados em Vassouras para vir com eles até a Capital.

Iam à frente Ezequiel e os dois mensageiros e um pouco mais atrás os três amigos montados em cavalos de trote duro. Às vezes, andavam nos três pés para dar uma trégua aos assentos pouco calejados e que sentiam as agruras da viagem, e deixavam sempre os três ponteiros irem à frente, a uma distância de não perdê-los de vista. Esses iam no andar picadinho dos muares que os serviam de montarias e que eram mais eficientes e rápidos para aqueles caminhos da época.

Passavam longos períodos mudos e pensativos todos os seis, outras vezes os três da frente entabulavam conversa baixa e respeitosa e puxavam algum canto ou oração que lembravam os cânticos chorosos e dolorosos das noites dos escravos nas senzalas.

Os três amigos, mais Ezequiel mantiveram o que tinham acertado na vinda e faziam, conjuntamente, a oração de meia hora em todas as estalagens que paravam também na volta. Agora Josué pedia ao Altíssimo que o espírito de sua filha estivesse bem e encontrasse o seu caminho de luz. Não havia mais o que se lamentar, mas somente agradecer a Deus pelo seu bem-estar futuro.

Ezequiel e Josué agradeciam a Deus também, pelas forças para suportar a dureza de mais aquele golpe mortal; aos amigos bondosos que lhe faziam companhia, aos desconhecidos, até então novos companheiros de viagem. Não se esqueciam de rezar e pedir aos céus pelo conforto espiritual da mãe da menina, dos avós dos dois lados, e dos outros parentes.

Os pobres velhos, os pais de Josué, que haviam ficado em Vassouras sem saber do desenrolar dos acontecimentos, com certeza estariam muito aflitos pela volta da caravana e pelas notícias de algo positivo que esperavam receber com avidez.

No último trecho da dolorosa viagem de volta iam à tardezinha os seis, sendo que os da frente se distanciaram da vista dos três de trás. Era compreensível, pela ânsia de chegar e também por que suas montarias eram mais resistentes que os cavalos que vinham atrás.

Foi quando, para esperar o grupo da retaguarda, Ezequiel e os mensageiros desmontaram e amarraram as mulas na beira do caminho. Desceram uma encosta onde, provavelmente, havia uma mina de água pelas configurações do terreno e da mata. Daria tempo de matarem a sede uma vez que a água que traziam já estava morna e trariam para cima, pela trilha, uma boa provisão para os senhores que vinham atrás e que também deveriam estar sedentos.

Ezequiel, com trinta anos, ia à frente já que era o mais vigoroso e disposto da turma, e foi aí que aconteceu mais uma tragédia na vida dessa gente, cuja saga nós estamos narrando.

Ao passar pela trilha estreita que levava à provável mina d'água o pobre preto quase pisou em cima de um rolo de Jararaca, e essa até pelo instinto de defesa cravou-lhe as presas na perna direita. A cobra, das mais peçonhentas, provavelmente, espreitava por alguma presa menor que por ali passasse para fazer sua derradeira refeição do dia. Em um golpe do destino acabou ferindo o pobre homem, espírito dos mais elevados, que viera a este mundo para uma missão final de aperfeiçoamento nesse nível espiritual. Em próxima etapa prestaria seus serviços humanitários, possivelmente, em alguma colônia do mundo espiritual até se elevar para um nível mais aperfeiçoado do mundo dos Espíritos.

Os dois homens que o acompanhavam eram experientes dessas viagens e sabiam da gravidade do acontecido, porque raramente alguém sobrevivia à picada desse tipo de cobra comum nas encostas, matas e capoeiras do litoral sul e sudeste brasileiros.

Com muito esforço conseguiram carregar o preto, ladeira acima, e retornar ao ponto de partida na estrada principal, onde estavam amarradas as montarias em que vinham. Acomodaram-se na beira do caminho e logo chegaram os outros três senhores que ficaram muito chocados e apreensivos com o que souberam e viram.

O Dr. Josué examinou e abraçou Ezequiel com muito afeto, pois eram verdadeiros irmãos em afetividade. Prometeu-lhe aos brados fazer todo o possível para salvar-lhe a vida. Mas, verdadeiramente não sabia por onde começar. Sua cabeça estava muito confusa.

O veneno da cobra já começava a produzir seus efeitos. Ezequiel estava sonolento, revirava os olhos e mostrava-se praticamente desfalecido.

O Doutor quis saber mais detalhes a respeito da víbora, para entender e saber o tipo de veneno que havia atingido seu companheiro, e procurar imaginar um início de tratamento que deveria seguir quando chegassem a Vassouras. Trocou ideias com o farmacêutico e resolveram descer as encostas junto aos dois mensageiros acompanhantes para que estes lhe mostrassem a cobra já com a cabeça devidamente esmagada por um deles que era mateiro experiente.

Não havia dúvida, observando-se as narinas e a cauda da cobra constatou-se que era mesmo a temida Jararaca, extremamente venenosa, cuja picada na maioria das vezes era mortal, dados os avanços da medicina da época.

Voltaram à beira do caminho e planejaram da maneira que lhes foi possível, como fazer para continuar a viagem mesmo durante a noite, para apressar sua chegada ao destino, e então poder contar com algum recurso disponível na cidade.

Amarraram Ezequiel no lombo de uma das mulas e Josué seguiu puxando-a, cuidadosamente, acoplada por uma corda à sua montaria de tal maneira que poderiam ir a passo lento. Um dos acompanhantes e mais o Senhor Florêncio da farmácia seguiram a galope para chegar à frente e ir preparando um leito apropriado e algum dos medicamentos que fosse possível manipular na farmácia.

O Doutor tinha trazido consigo algum remédio de homeopatia que no tormento da partida para o Rio de Janeiro pegara com a intenção de ministrar à filha, se fosse possível. Sem alternativas escolheu dois deles que lhe pareceram mais adequados, para a situação de Ezequiel, e fez com que ele os engolisse, apesar da dificuldade de coordenação que já tinha se instalado em seu corpo, por efeito do veneno.

Esse era mais um golpe ao pobre Josué, golpe que o feria no fundo da alma, mas que fazia parte do planejamento espiritual traçado antes de reencarnar, para que ele e Ezequiel pudessem crescer em Humanidade e poder galgar mais uma etapa dos seus objetivos de vida como Espíritos mais avançados.

Certo era que não fazia parte do plano espiritual de Ezequiel desencarnar tão cedo, mas disso ninguém sabia.

É claro que para Josué isso também não era transparente, pois não se lembrava conscientemente desse planejamento anterior no mundo dos Espíritos, e por isso pedia a Deus que lhe desse forças para suportar e chegar de volta a casa para cuidar de Ezequiel, seu companheiro de tantas jornadas, da melhor forma que conseguisse.

Chamaria também, da região, especialistas em picadas de cobras, além de alguns índios e curandeiros que sabiam tratar do assunto em questão, melhor do que ele, dado o avanço ainda precário da medicina até a data, naquele tempo da segunda metade do século XIX.

De madrugada, a caravana, completamente extenuada chegava a Vassouras e Ezequiel estava totalmente desacordado e com poucos sinais de vida.

O grupo resolveu levá-lo para a farmácia do Senhor Florêncio e instalá-lo em um dos quartos nos fundos que era mais espaçoso e onde o pobre preto poderia ser mais bem cuidado. O Dr. Josué tomou todas as providências que estavam ao alcance de sua capacidade e conhecimento; ministrou tratamento ao amigo e ficou a seus pés até o raiar do dia.

Outro amigo, o Senhor Leite havia seguido para casa a fim de descansar da viagem, mas com a incumbência de ir logo cedo à casa dos pais de Josué para lhes contar o acontecido. Difícil missão, mas com sua habilidade em falar sem ferir iria fazer seu melhor para que a dor dos velhos fosse minimizada. Contaria também a respeito do acontecido com Ezequiel, mas ainda não sabia se dava as duas dramáticas notícias de uma só vez.

Enquanto as coisas em Vassouras iam se definindo, apesar das dores, na Fazenda a situação era mais caótica. A mãe de Elena estava inconformada e definhando, visivelmente, a cada dia que passava. A avó da menina também não ia bem de saúde e de espírito, enquanto o avô parecia ter absorvido o golpe apesar de muito abalado também.

Passadas algumas semanas o estado de saúde de dona Marianinha complicara-se de vez com a constatação de uma tuberculose. Como se sabe, para a época ainda não havia sido descoberto o remédio eficaz para a cura, que somente veio a acontecer muitas décadas depois, com a invenção da penicilina.

Depois de muito pesar e conversar o Barão resolveu mandar a filha acompanhada da mãe para um estágio de alguns meses em clima serrano e frio. Na época havia hospitais famosos em Campos do Jordão. Em Belo Horizonte também tinha tratamento para a doença e em alguns lugares mais caros como Davos na Suíça, para onde se dirigiam aqueles realmente abastados da Europa e alguns de países estrangeiros que podiam bancar o caríssimo tratamento e estadia.

Como sabemos o aspecto financeiro era demais importante para o Barão, que apesar de gostar muito da filha, raciocinava que não podia fazer extravagâncias com uma causa que para a época era considerada perdida. A questão era prorrogar um pouco mais a vida da paciente, com esperança de que fossem descobertas novas drogas, novos métodos de tratamento que pudessem por cabo à moléstia incurável.

Dessa forma, aqueles parentes mais próximos da mãe da menina pouco proveito tiravam dos sofrimentos para o crescimento espiritual, fato que pesava para o Espírito desencarnado da menina Elena que nada podia fazer, mas que sofria tendo em vista o desperdício de tempo e oportunidades dos seus queridos parentes.

Tinha certa satisfação em saber que os escravos e particularmente as escravas que a haviam servido desde que nascera sofriam, mas cresciam em espírito e conquistavam progressos consideráveis.

Finalmente, o Barão, após consultar amigos e tirar as bases de gastos para cada um dos locais que poderia mandar a filha para uma tentativa de postergação de vida na Terra, resolveu a contragosto das duas mulheres, enviá-las para Petrópolis que era mais perto e onde o clima era de montanha, mais ameno e, segundo ele, equiparável ao de outros lugares mais indicados.

Pouco se comunicavam, os da cidade com aqueles da Fazenda e Josué se dedicava quase que, exclusivamente, a tratar e a cuidar de Ezequiel e de seus dois velhos pais.

Ezequiel estava em estado vegetativo e resolveram levá-lo para a casa de Josué e dos pais, assim poderiam revezar em cuidar dele, sobrando algum tempo para o Doutor atender alguns de seus clientes que precisavam muito de seus préstimos.

Muita gente conhecida vinha visitar o preto, uma vez que era figura muito querida, principalmente, dos mais pobres e de pessoas das fazendas a quem atendia sempre com muito carinho quando era o ajudante do Doutor. Sempre tinha uma palavra boa e de ânimo para com os necessitados de saúde para o corpo.

Foi em uma dessas visitas que um dos Pajés de uma tribo de índios que vivia nas redondezas e que conhecia bem o escravo de outras vindas ao consultório do Doutor, trouxe-lhe em uma garrafa um preparado que ministrava aos seus, quando picados por cobra venenosa. Após tomar o preparado por uma semana, que lhe era dado carinhosamente pela mãe de Josué, viu-se algum sinal de melhora. Outros medicamentos prescritos pelo Doutor também continuaram a ser dados.

Na segunda semana eram visíveis as melhoras e na terceira esgotara-se o preparado, mas o preto já estava se sentando na cama e levantando-se algumas vezes por dia. Tudo indicava que havia superado a crise e as funções vitais do corpo voltavam à quase normalidade.

Foi mandado rezar uma missa na igreja da cidade em agradecimento a Deus pelo milagre e também em agradecimento ao Pajé que havia preparado o remédio que veio dar cabo ao sofrimento e provação de Ezequiel.

A vida voltara à quase normalidade em Vassouras, com o Dr. Josué atendendo normalmente, Ezequiel prestando-lhe a costumeira ajuda, mesmo ainda um pouco debilitado, mas recuperando-se visivelmente.

Os pais de Josué estavam conformados com a vida na cidade apesar de sentirem muita falta das coisas da fazendinha, principalmente da lida com os animais, da ordenha diária, do trabalho com o leite e derivados e assim por diante. Mas, como a mãe trabalhava na casa para suprir todas as necessidades domésticas, o pai havia arranjado um emprego modesto, mas suficiente para mantê-lo ocupado e ganhar algum dinheiro para a subsistência.

Por outro lado, na fazenda do Barão as coisas não iam bem. Com a saída de mãe e filha para tratar a tuberculose, a casa perdera a vida, sem falar na lembrança triste da perda da menina Elena que por algum tempo trouxera tanta alegria ao local.

Mas, o que mais afetava a felicidade do Barão era que os negócios da fazenda começavam a demonstrar sinais de fraqueza, principalmente pelas quebras de produção das sucessivas safras, pois o solo, maltratado, esgotava-se a olhos vistos. Mas, ainda conseguiam com muito empenho dos filhos do Barão equilibrar as entradas com as saídas de dinheiro em base anual. Ganhos já não havia mais e, portanto, a fortuna depositada em banco ficou paralisada no que haviam conseguido até ali.

Transcorrido mais um ano, veio a inevitável notícia da morte de Dona Marianinha. O desolamento abateu-se novamente sobre todos, inclusive sobre os escravos que já não tinham a mesma vontade de labutar.

Ela desencarnou e no mundo espiritual teve o dissabor de saber que a filha estava em estágio muito superior de espiritualidade, e que levaria muito tempo até que ela pudesse se comunicar com Elena. Mas, a dor maior era a de saber que sua mãe contraíra a mesma doença que a levara para o mundo dos espíritos e que em breve também desencarnaria.

Nessa sua passagem pelo mundo crescera muito pouco, encaminhando-se mais pelo mundo material influenciada pelo pai e pela mãe, não obtendo os progressos que havia planejado antes de sua última reencarnação.

Espíritos superiores a orientavam a angariar dessa vez, por meio de trabalhos espirituais, créditos para poder, pelo menos, acolher bem sua mãe quando de sua volta.

Gostaria também de poder dizer ao pai que aproveitasse os últimos anos da presente reencarnação para mudar de vida e progredir espiritualmente, mas dado o estágio de adiantamento não lhe era possível essa comunicação. Isto também lhe doía muito e os Superiores a aconselhavam a usar o sofrimento para apuração do seu ser.

Não demorou muito para que a mãe viesse ao encontro de Marianinha e pudessem meditar e entender melhor as falhas que juntas haviam cometido, e a razão do pequeno progresso que tinham alcançado. Sentiam que haviam perdido tempo e oportunidade de progresso. Com certeza, teriam de reencarnar mais vezes com o objetivo de realizar tudo o que deixaram de fazer nas últimas reencarnações.

Não viam um final para os seus sofrimentos no mundo espiritual que parecia iriam durar eternamente. Este era um grande suplício para ambas.

O Senhor Barão sentiu muito a perda da mulher, mas parece que não tirava muito proveito desse sofrimento, dedicando-se cada vez mais a restabelecer as finanças e ganhos com os negócios da fazenda, coisa que era cada vez mais difícil.

Ele que pensava há anos atrás ter construído um futuro tranquilo para ele e os seus, com abundância de bens materiais e muitas reservas financeiras guardadas no Banco, fruto da época de vacas gordas, naquele momento se via sem mulher, sem a filha e sem a neta que estimava muito. Mas, não obtinha nenhum proveito espiritual desses sofrimentos e cada vez mais se lhe apoderava as influências inferiores dos Espíritos menos elevados e oportunistas. Esses se aproveitavam da situação de fragilidade e dos comportamentos inadequados do velho Barão, para lhe sugerir ideias menos felizes.

Apoderavam-se dele cada vez mais as ideias suicidas, com finalidade de por termo aos sofrimentos terrenos, à decadência financeira dos negócios que o abatiam mais do que tudo e insuflado com ideias de que tudo terminaria ali. Se não terminasse passaria para outro mundo, que com certeza seria melhor que este, em seu modo de ver.

E assim foi que depois de passados alguns anos da incubação dessas ideias que o Barão programou uma viagem para a cidade do Rio de Janeiro e reservou acomodações em um Hotel de frente para o mar.

Nesse tempo todo em Vassouras o Dr. Josué, juntamente com seu fiel companheiro Ezequiel, atendia cada vez aos necessitados, não somente com consultas e remédios para o corpo, mas também com trabalhos de aconselhamentos individuais que realizava algumas horas durante as noites.

Às segundas-feiras e quintas-feiras havia sessões de discussão a respeito da vida espiritual, em que o Doutor se baseava nos seus aprendizados em *O Livro dos Espíritos*; leituras do Evangelho de Jesus Cristo e discussão de textos que, semanalmente, eram passados aos participantes para que trouxessem seus comentários e vivências e compartilhassem com os irmãos.

Aos sábados à tarde havia sessão livre de leituras e estudos, pois nos fundos da casa de Josué havia uma pequena biblioteca e também as salas de espera do consultório eram usadas para leitura e conversação. Ezequiel não se descuidava de oferecer aos presentes café com rapadura e algumas bolachinhas quando havia disponíveis. Os participantes também começaram a participar e a trazer alguns pratos de doces simples e bolos preparados pelas senhoras das famílias participantes.

Essas reuniões ganhavam cada vez mais adeptos e entusiastas e foi, então, que o Doutor resolveu também instituir, com ajuda de algumas almas mais avançadas nos estudos, sessões de curas aos sábados, das 15h00 às 17h00. Os adeptos vinham e traziam parentes e amigos. O movimento espírita ganhava corpo e progredia a olhos vistos, para regozijo de todos os que haviam aderido à nova ideia.

Viviam os dois, Josué e Ezequiel, ainda

na pequena casa dos pais de Josué que estavam prestes a desencarnar, com idade já bastante avançada, mas ainda laboriosos e úteis aos seus e aos vizinhos que deles necessitassem para alguma coisa mais simples. Pareciam conformados e felizes.

Foi quando, um dia pela manhã, Josué passou pela banca de jornal e adquiriu um número do último domingo do jornal de maior circulação da Capital, e durante um intervalo de consultas folheava o periódico quando se deparou na coluna de efemérides com a notícia da morte do Barão, seu ex-sogro, de maneira trágica, por afogamento em uma praia do Rio, bem em frente ao hotel em que se hospedara.

Conta-se que uma manhã, após se levantar e tomar café foi andando em direção ao mar que estava bravio e não parou mais até que a onda o encobrisse e desaparecesse, para somente aparecer em praia distante depois de três dias do afogamento.

Isso deixou o Doutor bastante entristecido, e naquela manhã parou os atendimentos e foi à igreja fazer orações pelo morto, e pai de sua ex-mulher, que lhe tratou bem enquanto esteve em situação financeira razoável, contudo, não havia mágoa pelo desprezo com que fora considerado quando mais precisava de sua ajuda.

Passados dois anos, os pais de Josué

também desencarnaram com intervalo de apenas alguns meses; foram mortes naturais e tranquilas diante desse fato da vida que a tanta gente apavora.

Primeiro partiu o pai, e depois a mãe de Josué que encarou com tristeza o ocorrido, mas espiritualizado que era, sabia que não devia lamentar os desígnios de Deus e sim orar para que a viagem dos queridos pais fosse o mais leve possível, e que o lugar deles no outro plano com certeza seria bom, uma vez que tiveram uma vida das mais corretas em todos os sentidos.

Encarnados continuavam os dois heróis de nossa história, o Dr. Josué e Ezequiel, seu fiel ajudante, ex-escravo e companheiro de muitas lutas. Para eles ainda não havia se cumprido os planos de Deus com suas encarnações e eles ainda teriam de doar bastante trabalho em benéfico aos semelhantes mais necessitados, mas com certeza estavam no caminho certo e acumulavam "tesouros nos céus".

Capítulo 6

Consequências das ações aqui tomadas

Vocês podem até imaginar os personagens desta história, em função daquilo que semearam aqui neste mundo, como será a continuação de suas vidas ou dos seus Espíritos imortais no mundo espiritual.

Posso lhes dizer que Elena, a menina que teve breve passagem por aqui, somente completou algumas poucas coisas que lhe faltavam e deixadas incompletas em outras vidas. Desta vez, em quase seis anos fez tudo direito e de acordo com o plano de Deus, estabelecido antes de reencarnar. Ela serviu de exemplo e provação para aqueles que precisavam e estavam ligados diretamente a ela.

Deu muita alegria para os pais e os manteve juntos quanto pôde. Alegrou os avós, indistintamente, e foi atenciosa e bondosa para com as escravas que as acompanharam de perto e que cuidaram dela.

Rejeitou a proposta do presente de ordem material do avô Barão para pedir em troca a licença de poder ver o pai, fato que não se concretizou, mas que demonstra bem a grandeza de espírito da menina.

Ela está vivendo em uma Colônia de ajuda e ali também completará seu ciclo antes de galgar um plano espiritual mais elevado.

Causa-lhe algum sofrimento ainda não poder ajudar, definitivamente, sua mãe, e avós maternos, porque esses não atingiram ainda o desenvolvimento necessário e se encontram em estágios inferiores, vagando pelo mundo inferior dos Espíritos e purgando suas falhas e imperfeições.

Quanto aos avós paternos fez tudo que pôde para facilitar sua passagem, recebendo-os muito bem, juntamente com seus amigos e amigas, preparando-lhes agradável morada onde podem continuar sua caminhada de luz.

Elena também faz um trabalho paciencioso de preparação da morada de seu pai quando este desencarnar e também obtém ajuda dos avós paternos para essa tarefa. Querem preparar-lhe tudo de bom, e uma grande surpresa para quando ele chegar.

Muitas pessoas humildes a quem ele ajudou na Terra e que agora estão no Mundo dos Espíritos esperam o momento de recebê-lo com muita alegria e gratidão.

Por sua vez a mãe de Elena, Dona Marianinha, desperdiçou suas oportunidades na passagem por este mundo, pois apesar de ser conduzida a um casamento que lhe propiciava compartilhar com o marido as atividades de caridade para com o próximo, revoltou-se com a situação e tornou-se adversária dele.

Lembre-se que viviam bem até que as atividades pouco rentáveis do marido começaram a incomodá-la, o que a levou a se bandear para o lado da fortuna e do materialismo da família dos pais, na fazenda de café. Causou grande sofrimento ao marido com as dívidas que o induziu a adquirir e com a falta de apoio, finalizando com uma separação bastante cruel, sem lhe dar chances de argumentação ou defesa.

Sofreu, é verdade, com a enfermidade e a morte da filha, bem como com a grave doença que lhe acometeu em seguida e que lhe tirou a vida carnal. Mas, ao que tudo indica não usou essa oportunidade e as provações para crescer, para se reaproximar do marido, ou se arrepender, fato que contaria crédito a seu favor.

Assim sendo, o Espírito de Dona Marianinha demorou-se para se desligar do corpo, sofrendo muito com a doença da mãe, culpando-se por tê-la transmitido, e uma vez no Mundo dos Espíritos vagou muito sem visualizar um fim dos sofrimentos e atribulações pelas quais era constantemente atormentada.

O espírito da filha em plano mais elevado pouco pôde ajudá-la, mas sempre há uma esperança e chances para progredir e tentar elevar-se por meio de trabalho e de boas obras, e também por meio de Espíritos benevolentes que podem ajudar. Contudo, Marianinha ainda está longe de perceber essa saída.

O Espírito de sua mãe, depois de desencarnado, vagou pelo mesmo plano do Espírito da filha, pois essa senhora nada fez para ajudar o marido Barão a se espiritualizar, pelo contrário, sempre o incentivou a buscar mais coisas do mundo material.

Por ocasião também quando da ida da filha Marianinha à fazenda para pedir abrigo e ajuda com a separação, prontamente a acolheu e nada fez para que a situação fosse revertida e o casal encontrasse um caminho ou solução alternativa para seguirem juntos e cumprir sua missão, da maneira planejada no Plano Espiritual.

Portanto, dona Marianinha e sua mãe vagaram e sofreram pelos erros e descaminhos que fizeram em sua passagem por este mundo. De pouco valeu a esses Espíritos terem reencarnado, pois voltaram ao estágio inferior do qual vieram e isso lhes causou grande sofrimento ao enxergarem as oportunidades desperdiçadas.

Regredir elas não regrediram, mas também não houve progresso, e isso doe muito aos Espíritos que vagam e sofrem no outro mundo.

No caso do avô Barão aconteceu que ele, em vida passada, havia maltratado ao extremo os seus escravos, e os mais atingidos quando desencarnaram alimentaram o propósito de se vingar dos maus-tratos recebidos. Eram Espíritos muito primitivos e nutriram grande ódio pelo patrão durante várias reencarnações.

O ódio persistiu e assim que o ex-patrão reencarnou, nesta última vez, começou a ser seguido de perto pelos Espíritos obsessores dos ex-escravos magoados, e de nível muito inferior.

Para conseguir seus intentos esses Espíritos obsessores mostraram ao seu perseguido o caminho da glória e o da obtenção dos bens materiais e de como usufruir deles com muito gozo, desprezando tudo o mais. Foram atendidos e muito bem-sucedidos nessa tarefa. Depois começaram a encaminhá-lo para as tragédias, como aquela de dar guarida à filha e facilitar a separação do casal, afastando o Dr. Josué da vida de Marianinha, por ser pobre e agir de maneira diversa da dele; a consequente morte da neta e as doenças que mataram a mãe e a avó da menina.

Em seguida a vingança fatal, a derrocada financeira que doeu tanto ao homem materialista que se tornara o Barão, e finalmente induzindo e incentivando-o a terminar sua jornada neste mundo, fato sabido como a decisão fatal para prejudicar a vida espiritual de vez, e lhe garantir enormes sofrimentos para reparar essa transgressão à Lei de Deus.

Assim, os Espíritos obsessores[1] tiveram grande vitória, que poderia ter sido evitada não fosse a total falta de fé e nenhuma oração ou ação de caridade praticada pela vítima e por aqueles que estavam mais próximos dela. Se o Barão tivesse orado muito, praticado a caridade, teria se livrado dos malignos Espíritos.

Agora no Mundo Espiritual esse Espírito que não progrediu em sua última reencarnação, situação agravada pela abreviação voluntária da vida em que perdeu a oportunidade de se redimir, fazer boas obras e dar início a algum progresso, vaga pelas trevas. Sofre nesse ambiente assustador e de total desconforto, sem poder, temporariamente, visualizar uma saída. No entender de muitos, trata-se do Inferno, também chamado de Umbral, ou local dos Espíritos perdidos.

Mas, como todos são criaturas de Deus, algum dia aparecerá também para esses espíritos oportunidade abençoada de redenção por meio do trabalho edificante. Mas, o certo é que o martírio do sofrimento será grande.

---

[1] Allan, KARDEC, *O Evangelho Segundo o Espiritismo* in cap. 28 – item 81: "Obesessão é a ação persistente que um Espírito mau exerce sobre um indivíduo. Apresenta caracteres muito diversos, desde a simples influência moral, sem perceptíveis sinais exteriores, até a perturbação completa do organismo e das faculdades mentais".

Estamos percebendo que a máxima: *Sem praticar a caridade não há salvação* explica bem os sucessos e insucessos no Mundo Espiritual. Na mesma linha temos a máxima: *Amai-vos uns aos outros como eu vos amei e faça ao seu próximo tudo aquilo que gostarias que fizessem a si mesmo*, a conhecida Lei de Ouro. Certamente, aí está a chave do caminho da salvação e as crenças religiosas de alguma forma contemplam esses ensinamentos.

Lá em Vassouras o Dr. Josué e seu companheiro de jornada Ezequiel estavam progredindo. Josué ganhara fama na cidade em razão de ser o médico dos pobres, mas também pela competência com que tratava os doentes. Conquistara muitos clientes que faziam questão de pagar e com isso conseguira comprar uma das cotas dos cooperados que no passado haviam adquirido a fazendinha dos Pais.

O Senhor Leite estava se aposentando e precisava de algum dinheiro para tratamento no Rio de Janeiro, e foi daí que apareceu a chance ao Doutor de voltar a ter um pedaço em comum da propriedade dos pais. Isso lhe agradava mais por razões sentimentais do que, propriamente, pela obtenção de lucros com a operação da fazenda.

A cooperativa funcionava de uma maneira pioneira para a época, pois se utilizava de escravos libertos antes da abolição por alguns dos fazendeiros de bom coração, mas com pagamento pelos serviços executados. Se não fossem esses patrões beneméritos os pobres ficariam marginalizados, sem ter o que fazer. Também tinham moradia e trabalhavam com gosto. Ezequiel, a pedido de Josué, visitava-os, frequentemente, para assisti-los e cuidar para que tivessem vida digna e progredissem.

Na cidade, Josué e Ezequiel alugaram uma casinha branca que tinha um bom salão na frente e começaram a receber à noite pessoas que estivessem interessadas em aprender mais acerca do mundo dos Espíritos e se espiritualizar, e Josué mesmo lhes ensinava o que tinha aprendido nas leituras de os livros da codificação da Doutrina Espírita, elaborado por Allan Kardec. Também uma vez por semana eram realizadas sessões de cura, processo que consistia na imposição de mãos de algumas das pessoas mais espiritualizadas sobre os que queriam se submeter aos tratamentos espirituais.

Tudo corria bem e Josué acabou encontrando uma viúva que o ajudava nos trabalhos espirituais com grande empenho pessoal e afinidade de pensamentos a respeito do mundo, com sentimentos afetivos muito fortes a ponto de começarem namoro sério e demonstrarem intenção de se casar.

Na sala da Casinha Branca onde Josué atendia aos que o procuravam, havia nas paredes alguns cartazes bem elaborados com dizeres bíblicos de Jesus Cristo, tais quais:

Amai uns aos outros como eu vos amei.

Amai o teu próximo como a ti mesmo.

Faça ao outro aquilo que gostarias que fizessem a si mesmo.

Sem praticar a caridade não há salvação.

E Josué explicava aos presentes, em breve palestra semanal, a necessidade dessa prática para evolução no Mundo Espiritual.

Também faziam leituras de passagens do evangelho e discutiam a respeito.

Capítulo 7

Depois das tempestades a bonança - Crescimento espiritual

A vida de Josué em Vassouras estava restabelecida, com o consultório funcionando regularmente nas salas da frente de sua casa de morada, ajudado pelo fiel amigo Ezequiel. Servia aos necessitados e aos outros clientes que conquistara inclusive a amizade.

Na Casinha Branca alugada, se dedicava todas as noites a ensinar a Doutrina Espírita àqueles que a frequentavam. Ezequiel era um dos mais assíduos e progredia bem, apesar da formação básica deficiente. Sabia aquilo que seu amigo havia lhe ensinado.

Em abril de 1864 era publicado na França *O Evangelho Segundo o Espiritismo*, de Allan Kardec, livro que dois anos depois chegava às mãos do Doutor, por meio de seus amigos de fé. Esse livro veio dar um novo impulso aos estudos espíritas na Casinha Branca, uma vez que até então só tinham como base de estudo *O Livro dos Espíritos.*

O Evangelho Segundo o Espiritismo é a obra de Allan Kardec que dá maior enfoque às questões éticas e comportamentais do ser humano, assim também atenção especial à aplicação dos princípios de moral cristã e de questões de ordem religiosa como a prece e a prática da caridade.

Agradava ao grupo de estudo o fato de *O Evangelho Segundo o Espiritismo* ser baseado no próprio Evangelho de Jesus Cristo, que já conhecia da religião católica, mas com um enfoque e interpretação dos fatos seguindo a linha do Espiritismo.

Os seguintes tópicos chamaram-lhe muito a atenção, os quais foram desenvolvidos e discutidos em comunidade, um explicando ao outro:

- Capítulo XI – *O maior mandamento. Fazer aos outros o que queríamos que os outros nos façam.*

1. (S.Matheus, cap. XXII, vv 34 a 40) *[...] os fariseus perguntam: Mestre, qual o mandamento maior da Lei?*

Jesus responde: *Amarás o Senhor teu Deus de todo o teu coração, de toda a tua alma e de todo o teu espírito, este é o maior e o Primeiro mandamento. E aqui tendes o Segundo, semelhante a esse: Amarás o teu próximo, como a ti mesmo.*

Toda Lei e os profetas se acham contidos nesses dois mandamentos.

2. *Fazei aos homens tudo o que queirais que eles vos façam, pois é nisso que consiste a Lei e os profetas.* (Id, cap. VII, v12).

Amar o próximo como a si mesmo: fazer pelos outros o que queríamos que os outros fizessem por nós é a expressão mais completa da caridade porque resume todos os deveres do homem para com o próximo.

- Capítulo XIII – "Fazer o bem sem ostentação".

A caridade material e a caridade moral:

Amemo-nos uns aos outros e façamos aos outros o que queríamos nos fizessem eles.

Caridade moral – que todos podem praticar que nada custa, materialmente falando, porém, é mais difícil de exercer.

> *A caridade moral consiste em se suportarem umas às outras as criaturas e é o que menos fazeis neste mundo inferior, onde vos achais, por agora, encarnados. Grande mérito há credeme, em um homem saber calar-se, deixando fale outro mais tolo do que ele. É um gesto de caridade isso. Saber ser surdo quando uma palavra zombeteira se escapa de uma boca habituada a escarnecer: não ver o sorriso de desdém, com que vós recebeis pessoas que,*

muitas vezes erradamente, se supõem acima de vós, quando na vida espiritual, a única real, está, não raro, muito abaixo, constitui merecimento, não do ponto de vista da humildade, mas do da caridade, porquanto não dar atenção ao mau proceder de outrem é caridade moral. ***(O Evangelho Segundo o Espiritismo)***.

Essa caridade, no entanto, não deve obstar a outra.

Tende, porém, cuidado, principalmente em não tratar com desprezo o vosso semelhante.

<u>A beneficência:</u>

A beneficência, meus amigos, dar-nos-á nesse mundo os mais puros e suaves deleites, as alegrias do coração, que nem o remorso, nem a indiferença perturbam.

- Capítulo XV- "Fora da caridade não há salvação".

Não somente Josué, mas também Ezequiel se mostrava muito entusiasmado em relação aos estudos da Doutrina, e mesmo Ezequiel lendo precariamente, aprendia os postulados da Doutrina com facilidade, em função do estágio espiritual avançado que já adquirira em vidas anteriores.

O preto Ezequiel tinha o dom da oratória, e sua fala era muito apreciada pela comunidade que havia formado.

Conversava muito com seu amigo Josué acerca dos temas novos que aprendiam no livro recém-chegado às suas mãos e também em *O livro dos Espíritos* que o Doutor estudara profundamente. Ezequiel convertia essas conversas em palestras preciosas que emocionavam os ouvintes. Logo, sua fama de orador se espalhou e era convidado a ir a comunidades vizinhas e apresentar seu discurso e ensinamentos. Mesmo comunidades de outras religiões o recebiam com curiosidade, a princípio, e depois com muito respeito, dado o conteúdo e a beleza de suas pregações.

Um dos tópicos desenvolvidos por ele que lhe agradava muito e que ele aperfeiçoara e conquistara as plateias estava no Capítulo XXV de *O Evangelho Segundo o Espiritismo*, sob o título de “Buscai e achareis”, especialmente o tópico:

> *Observai os pássaros do céu. Não acumuleis tesouros na Terra, onde a ferrugem e os vermes os comem e onde os ladrões os desenterram e roubam; acumulai tesouros no céu, onde nem a ferrugem, nem os vermes os comem; porquanto, onde está o vosso tesouro aí está também o vosso coração. Eis por que vos digo: Não vos inquieteis por saber onde achareis o que comer*

> *para sustento da vossa vida, nem onde tirareis vestes para cobrir o vosso corpo. Não é a vida mais do que o alimento e o corpo mais do que as vestes? Observai os pássaros do céu: não semeiam, não ceifam, nada guardam em celeiros; mas vosso Pai celestial os alimenta. Não sois muito mais do que eles? – e qual, dentre vos, o que pode, com todos os seus esforços, aumentar de um côvado a sua estatura?*

E por aí desenvolvia Ezequiel a sua fala, continuando com a parábola dos lírios do campo e a questão da preocupação com o vestuário e finalizando com a máxima: *Buscai primeiramente o reino de Deus e a sua justiça, que todas essas coisas vos serão dadas de acréscimo.*

Assim, pois, não vos ponhais inquietos pelo dia de amanhã, porquanto o amanhã cuidará de si. A cada dia basta o seu mal. (S.Mateus, cap. VI, vv 19....a 34).

E não terminava sem alertar que não se deve, portanto, ver nessas palavras, mais do que uma poética alegoria da Providência, que nunca deixa ao abandono os que nela confiam querendo, todavia, que esses, por seu lado, trabalhem. Se ela nem sempre acode com um auxílio material, inspira as ideias, que trazem as soluções para se vencer as dificuldades. (Cap. XXVII, no. 8).

Assim, Ezequiel buscava os temas no Evangelho e os desenvolvia com seu talento inato para oratória. Podia falar com entusiasmo por horas, mas por recomendação do seu amigo limitava as palestras em uma hora, e reservava o restante do tempo para perguntas e respostas, quando Josué ajudava-o a responder com seu preparo intelectual mais avançado.

Josué e Ezequiel progrediam no caminho do bem e cumpriam o plano de Deus que fora estabelecido em fase anterior às suas reencarnações. Eles, portanto, acumulavam tesouros nos céus.

A comunidade formada por eles encontrava novos caminhos para prosseguir, se alegravam na participação e no crescimento espiritual e isto era motivo de satisfação e felicidade para todos.

Um belo dia os frequentadores da Casinha Branca resolveram pesquisar na *Bíblia, Antigo Testamento*, o significado de alguns nomes bíblicos, principalmente queriam entender o significado do nome Josué para fazer uma surpresa ao mestre e guia da comunidade quando de seu aniversário que se aproximava em fins de maio.

Em suas pesquisas encontraram a seguinte informação que resolveram comentar: Ezequiel é um dos livros proféticos de *O Antigo Testamento* da Bíblia. Possui 48 capítulos.

Ezequiel foi chamado para profetizar durante o cativeiro babilônico do povo judeu. Diz-se que fundou uma escola de profetas e que ensinava a Lei à beira do rio que corta a cidade de Babilônia.

São curiosas as visões que o profeta teve a respeito da glória de Deus e os sinais que apareceram em sua própria vida demonstrando que as ações de Deus são fortes e marcantes. Ezequiel perdeu a sua esposa como sinal da queda de Jerusalém.

Os frequentadores da Casinha Branca discutiram a respeito do assunto, mas lhes parecia obscuro e na realidade os textos do *Velho Testamento*, às vezes, são de difícil compreensão, apesar de belos de per si.

Ezequiel que estava com eles dizia entender, mas tinha dificuldade em explicar o real sentido. Seria como se tivesse vivido os acontecidos, mas com vaga lembrança.

Eis um fragmento da Introdução para o leitor poder avaliar melhor a complexidade do texto bíblico, "Livro Profético de Ezequiel":

> *No trigésimo ano, no quinto dia do quarto mês, quando me encontrava entre os deportados, às margens do rio Cobar, abriram-se os céus e contemplei visões divinas [...]. No quinto dia do mês – era o quinto ano de cativeiro do rei Joaquim [...]. Foi a palavra do Senhor dirigida*

> *ao sacerdote Ezequiel, filho de Buzi, na Caldeia, às margens do rio Cobar. Nesse lugar veio a mão do Senhor sobre mim [...].* Finalmente o grupo havia achado o texto que procurava relativo ao nome bíblico Josué, o líder escolhido por Deus:

Vamos copiar parte do texto para a prezada leitora e o prezado leitor, para que se tenha uma ideia da grandeza histórica do personagem, que com certeza irá emocionar a muitos, do mesmo modo que emocionou na época o próprio Doutor e guia da comunidade que, provavelmente, não conhecia a história toda:

> *Josué, cujo nome significa 'Jeová é salvação', foi o líder dos hebreus depois de Moisés e era também denominado de Oséias, filho de Num, da tribo de Efraim. Destacou-se como um dos mais fiéis companheiros de Moisés e um daqueles espias fiéis que retornou da missão. Escolhido por Deus para ser o sucessor de Moisés, sendo revestido para tal missão. Diante dos israelitas, enviou espias para sondar a terra a ser conquistada, atravessou o Jordão através de uma intervenção miraculosa do Senhor, destruiu Jericó. [...] Um dos mais interessantes episódios na vida*

de Josué é sua oração que faz com que o Senhor detenha o sol. Ao final da vida, após sortear a Canaã conquistada entre as tribos, despede-se do povo e morre com idade aproximada de 110 anos. A atuação de Josué, diante dos hebreus, foi brilhante e ele se revelou como um exímio estrategista militar. Mas não confiava apenas em seus dotes, na verdade, Josué é um exemplo de alguém que, mesmo dispondo de conhecimentos, não deixa de buscar a orientação do Senhor.

E com este texto bíblico Ezequiel que já era um exímio orador fez a plateia chorar e também ao próprio amigo Josué que não esperava tão significativa homenagem.

Josué também ficava surpreso em ver o seu amigo Ezequiel desenvolver-se tanto e tão bem, principalmente em função de sua origem e da formação básica completamente rudimentar; mais parecia que se tratava de um dom de Deus e que ele aceitara com muito gosto e o desenvolvera com maestria.

Dos 16 livros históricos de *O Antigo Testamento* "O Livro de Josué" é o primeiro. Reproduzimos a seguir um pequeno trecho do início do mesmo para que você prezado (a) leitor (a) possa avaliar:

> *Conquista da terra de Canaã. Promessa de Deus a Josué [...]. Após a morte de Moisés, servo do Senhor, o Senhor disse a Josué, filho de Nun, assistente de Moisés [...]. Meu servo Moisés morreu. Vamos, agora! Passa o Jordão, tu e todo o povo, e entra na terra que dou aos filhos de Israel [...]. Todo lugar que pisar a planta de vossos pés, eu vo-lo dou, como prometi a Moisés [...].De acordo com a História, o povo de Deus estava cativo no Egito por longos anos, e foi Josué o escolhido por Deus para substituir Moisés que morrera e que não viria a travessia. Então, Josué conduziu seu povo para a terra prometida, atravessando o Mar Vermelho, que se abriu para eles passarem [...].*

A comunidade de Vassouras se deleitava com essas histórias bíblicas, e decidiu então, estudar mais e aprofundar as leituras dos textos sagrados, além, é claro, das outras atividades que realizavam com prazer. No Brasil da época, caminhava-se para o final do Século XIX, isto é, findavam os anos de 1800 e o ano de 1900 estava por perto.

Foi um século de muitas mudanças importantes para o país, e também de eventos marcantes.

Logo no início do século, com a transferência da Corte Portuguesa para o Brasil, fugindo das tropas de Napoleão, o regente Dom João VI abriu os portos do país às nações amigas, autorizou o funcionamento de fábricas e fundou o Banco do Brasil.

O Brasil tornou-se Reino Unido de Portugal, com Dom João VI coroado rei. Este não demorou a voltar a Portugal, deixando seu filho mais velho, Dom Pedro I do Brasil, como regente do país.

Como nós bem sabemos em 07 de Setembro de 1822 Dom Pedro I do Brasil proclamou a independência e reinou até 1831. Foi sucedido por seu herdeiro, Dom Pedro II que tinha apenas 05 anos. Foi declarado maior aos 14 anos e coroado Imperador aos 15 anos.

Em 1849, a economia estava estabilizada, as províncias pacificadas, e extinto o tráfico de escravos. O Brasil aliava-se à Argentina e ao Uruguai para fazer frente ao ditador Solano Lopes do Paraguai que tinha planos expansionistas e os estava colocando em prática. Por incrível que possa parecer, no início do conflito esse pequeno país, na época, era uma potência militar a fazer medo aos vizinhos. No final do conflito quase dois terços da população paraguaia estavam mortos.

A guerra do Paraguai começou em 1864 e se estendeu por seis anos, até 1870, terminando com a morte do ditador paraguaio em Cerro Cora no Paraguai.

A participação de negros e mestiços nas tropas brasileiras na guerra deu grande impulso ao movimento abolicionista da escravidão e ao declínio da monarquia no país. Em 1888 como sabemos a princesa Isabel, filha de Dom Pedro II assinava a Lei Áurea que extinguia a escravidão, ficando os proprietários de terra abandonados e sem mão de obra barata – o império brasileiro perde a base de sustentação.

Em 15 de Novembro de 1889, dava-se a proclamação da República pelo marechal Manuel Deodoro da Fonseca e assim teve início a Republica Velha que foi até 1930 com a chegada de Getúlio Vargas ao poder.

O início da construção da malha ferroviária deu-se ainda nesse final de século e o Brasil progredia apesar de todos os contratempos e mudanças consideráveis.

Nesse cenário sociopolítico, viviam os nossos personagens Josué e Ezequiel uma vida dedicada a servir o próximo.

Como dissemos, Ezequiel, além de todas as suas atividades na clínica do Dr. Josué, crescia em aprendizado na Casinha Branca e tornava-se exímio orador.

Foi convidado para uma cerimônia, que se daria no sábado à noite em uma cidade vizinha, chamada Paty do Alferes, onde inaugurariam um Centro Espírita, primeiro naquela cidade e para cujo evento haviam sido convidadas pessoas sabiamente espiritualizadas da região.

Josué fez companhia a Ezequiel, além de ajudá-lo na preparação do tema. Ezequiel escolhera seu tema principal já testado em vários outros discursos, baseado em parábola do Evangelho e adaptada a cada situação e plateia para quem falaria.

Foi um sucesso muito grande. Uma pequena multidão, de aproximadamente 100 pessoas, o aplaudiu em pé por vários minutos. Ele realmente dominava a palavra e tinha o dom para isso.

Voltaram para casa, ele e Josué à noite. Era uma bela noite enluarada, com clima agradável e a sensação de missão cumprida alimentou longo papo entre os velhos amigos. Falaram acerca de muitos assuntos e do progresso pessoal, do crescimento espiritual de cada um deles e da ajuda aos semelhantes, da situação atual em que eles viviam e que lhes dava grande prazer.

Os dois amigos foram dormir por volta da meia-noite, bem mais tarde do que o habitual. Josué no quarto que era dos seus pais, pois se mudara para lá alguns meses depois da morte de ambos, e Ezequiel permaneceu no antigo quarto que usaram em comum por alguns anos, logo no começo em que haviam se mudado para o novo lar.

Pela manhã ao acordar, o Dr. Josué estranhou não ouvir o barulho tradicional de arrumação das coisas na cozinha para o café da manhã, que todo santo dia Ezequiel preparava com esmero.

Josué ficou na cama por mais um tempinho, pois era domingo, e depois se levantou. Fez a higiene matinal com os jarros d'água e bacia, preparados na véspera por Ezequiel, como o fazia sempre.

Pensou que talvez seu amigo tivesse saído para comprar alguma coisa que estava faltando, como pó de café ou açúcar. Foi, então, ao quarto de Ezequiel para dar uma olhada e tal não foi sua surpresa. Ele estava deitado com as mãos, delicadamente, postadas no peito dormindo como um anjo.

Olhando melhor percebeu que ele não respirava e constatou que havia morrido de noite ao que tudo indicava, dormindo, sem perceber a sua passagem para o Mundo dos Espíritos.

Seu inseparável companheiro havia desencarnado, partindo para o Mundo Espiritual da melhor maneira que se possa imaginar, sem dor, sem sofrer doença grave, sem sentir. A expressão do corpo morto era magnífica.

Josué não conteve lágrimas sentidas, mas logo se recompôs e lembrou-se que o melhor que podia fazer pelo amigo que partia era orar por ele e pedir aos desencarnados mais próximos que o ajudassem na travessia.

Consta que sua mãe desencarnada há muito tempo e gozando de posição elevada no Mundo dos Espíritos veio ajudá-lo na passagem. Fizeram uma viagem tranquila e foi recebido no Plano Espiritual por uma legião de Espíritos desencarnados que o conheciam de outras vidas e também desta última que acabava de se completar.

Nessa legião de Espíritos estavam: o pai de Ezequiel, os escravos desencarnados que haviam atingido nível mais elevado de espiritualidade, e que obtiveram permissão para recepcioná-lo, espíritos de pessoas desencarnadas as quais Ezequiel tinha atendido juntamente com o Doutor, e assim por diante.

A alegria da recepção era grande e contagiante. Havia música e um clima de regozijo geral, que colocou seu Espírito à vontade para ir se acostumando à nova vida.

O Espírito desencarnado de Ezequiel não teve qualquer problema de adaptação ou readaptação, dado o nível de consciência avançado já atingido e à vida correta que trilhara durante sua última reencarnação.

Josué, ao vê-lo morto, após chorar, orou bastante e depois preparou o corpo e avisou os vizinhos. Logo a notícia se espalhou na cidadezinha e o corpo foi velado, como era costume na época, na sala principal da própria casa. Acolheram muitos dos conhecidos e amigos de Ezequiel, principalmente clientes da clínica que o haviam conhecido, e de certa forma foram servidos por ele com a simpatia e alegria de sempre.

No enterro havia uma pequena multidão para dar o adeus ao preto querido por todos na localidade e que para culminar tornara-se orador brilhante.

O Dr. Josué, recomposto do abalo pela partida inesperada do amigo, voltou para casa, amparado pelos melhores amigos recomeçando, então, sua vida rotineira de serviços ao próximo com dedicação e alegria.

Depois da partida de Ezequiel para o mundo dos Espíritos, Josué ficou morando sozinho por algum tempo, mas sentia muita falta da ajuda e companhia do amigo que lhe assessorara durante todos aqueles anos de sua vida.

Foi, então, que ele e sua amiga Maria da Conceição, quem ele havia conhecido nas atividades da Casinha Branca, resolveram morar juntos na casa que pertencera aos pais de Josué. Ela alugaria a casa onde estava morando para melhorar um pouco sua renda, que não era grande, e prestaria toda assistência que o Dr. Josué precisava para continuar a atender bem aos seus Clientes, a maioria como nós sabemos necessitados e de pouca instrução, mas humildes e educados.

Formavam um belo casal; ele com pouco mais de 10 anos a mais que ela, mas com boa saúde, em boa forma, e com muita disposição para trabalhar. Ela também alegre e disposta a fazer tudo que deveria ser feito no novo lar.

Viviam felizes com a atividade que desenvolviam em favor do próximo. Aprendiam todo dia um pouco mais e a vida transcorria quase que imperceptível.

Aproximava-se o final do século XIX e Josué estava prestes a completar 70 anos, pois havia nascido em 1830. Resolveram brindar a passagem do ano e planejaram duas semanas de férias, uma antes e outra depois da passagem para o ano de 1900. Decidiram ir para a cidade do Rio de Janeiro, antigo sonho de Maria da Conceição, que não a conhecia e também de Josué, porque não dizer, para rever os lugares frequentados quando estudante de medicina, e também para observar o progresso obtido pela capital da República do Brasil depois de passados esses anos todos.

Alugaram um quarto confortável em um hotel situado defronte à praia e de lá veriam e festejariam a virada dos anos 1899 para os 1900. Havia na época muita especulação, como normalmente ocorre nessas situações da Humanidade, alguns dizendo que o mundo iria se acabar e somente os bons se salvariam; outros dizendo que viriam grandes catástrofes atmosféricas e assim por diante.

O que houve na realidade foi uma magnífica

comemoração, com muitos fogos, muita alegria de todo o povo, que saiu às ruas e praias para festejar.

Quando o casal Josué e Maria da Conceição voltou para Vassouras, revigorado com as emoções vividas na Capital, a lista de espera para consultas, preparada pelo amigo Senhor Florêncio da farmácia, conforme combinado, era grande.

O Doutor teve de programar horas extras para atender a todos os doentes nas semanas vindouras, sem contar com os novos pacientes que apareciam todos os dias. Assim, o casal trabalhava bastante, mas tinha enorme prazer em fazê-lo.

A nova comunidade que se reunia na Casinha Branca crescia e prosperava em aprendizado espiritual. Havia muitos grupos de estudos, trabalhos de ajuda, palestras e atendimentos.

Passados alguns anos a companheira de Josué desencarnou, naturalmente, e ele continuou seu trabalho, agora novamente sozinho.

Consta que atingiu os 90 anos e desencarnou de maneira semelhante à de seu companheiro inseparável Ezequiel, à noite, dormindo e sua passagem foi imperceptível para ele.

Nessa idade ainda fazia alguns trabalhos em sua clínica e aplicava seu tempo de maneira útil aos semelhantes. Ele tinha ainda participação permanente nos trabalhos noturnos de ensinamentos espirituais aos de boa fé.

Podem imaginar vocês, caros leitores, que assim como eu que já conhecem um pouco do Mundo dos Espíritos, a alegria e regozijo no Plano Espiritual quando da chegada do Espírito Josué de volta para lá.

Multidão de amigos e também os beneficiados por Josué o esperavam para recebê-lo, aplaudi-lo e dar-lhe aconchego. Havia completado suas reencarnações com essa última. Em breve seguiria para um plano superior onde por certo continuaria a ajudar a muitos Espíritos iluminados.

A maior surpresa para ele foi o reencontro com a filha querida, Elena, que como dissemos anteriormente, encontrava-se em nível espiritual bastante evoluído, e durante todo o tempo em que seu pai se demorou na Terra, trabalhou na construção de sua nova moradia no mundo astral.

Tratava-se de uma casa toda branca, com amplo jardim na frente, onde floriam todas as espécies de flores que ele e ela gostavam. As rosas brancas eram abundantes e impecáveis; também havia as de cor rosa bem clarinhas e as vermelho-encarnadas.

Tinha também, no meio do jardim, um chafariz onde água cristalina jorrava continuamente, e que podia ser ingerida a qualquer momento. Era uma das sensações maravilhosas sorver aquele líquido magnífico.

Na nova morada de Josué, especialmente preparada pela filha e amigos, iriam morar por algum tempo, ele, sua filha e não poderiam faltar também o espírito amigo Ezequiel, o pai e a mãe de Josué, que estavam todos agora em nível espiritual compatível e superior.

Para eles não havia felicidade maior e todos ocupavam parte do seu tempo em serviços comunitários, fato que aumentava sua satisfação pessoal.

Resumindo, poderíamos dizer que eles viviam “a vida que pediram a Deus”.

Para finalizar e meditar, selecionamos dois tópicos de: *O Livro dos Espíritos*, para reflexão:

“Da Lei Divina ou Natural”.

614. Que se deve entender por Lei Natural?

A lei natural é a lei de Deus. É a única verdadeira para a felicidade do homem. Indica-lhe o que deve fazer ou deixar de fazer e ele só é infeliz quando dela se afasta.

615. É eterna a lei de Deus?

Eterna e imutável como o próprio Deus.

FIM

Sucessos da ebm

O suicídio nunca será a solução para mal algum, simplesmente porque a morte não existe. Pode-se matar o corpo a qualquer momento, para isso basta utilizar o livre-arbítrio, contudo jamais a pessoa conseguirá aniquilar a própria vida, pois esta não reside no corpo, mas sim no Espírito que é imortal.

Neste livro, veremos a falácia que representa o suicídio, demonstrando a tese de que a morte não existe e que o suicídio é uma falsa solução. Veremos, também, nesta obra o quanto é importante a valorização da vida e a utilização de todos os recursos para praticar o amor, única forma de encontrar o sentido existencial, e superar todo e qualquer sofrimento presente em nossa vida.

Autor: Alírio de Cerqueira Filho
Gênero: Espiritismo

A partir de sua sensibilidade e objetividade, o autor William Sanches consegue, por meio de recortes de grandes exemplos e escritores, tocar delicadamente em assuntos do nosso próprio cotidiano.
O texto, marcado pela dinamicidade, instiga, convida o leitor à reflexão, ajudando-o a redescobrir sua própria essência, enriquecendo seu relacionamento interpessoal e favorecendo sua evolução moral e espiritual.

Autor: William Sanches
Gênero: Autoajuda